庫

宮中の華

公家武者信平《のぶひら》ことはじめ(十)

佐々木裕一

講談社

目次

宮中の華——公家武者信平《のぶひら》ことはじめ（十）

第一話　上洛《じようらく》の道

一

葉山善衛門《はやまぜんえもん》は唇を引き締めて、小難しい顔つきで赤坂《あかさか》御門外へ歩み出ると、一度立ち止まり、両膝に手を置いて長い息をひとつ吐いた。

ため息をつきたくなったのは、今日も、信平《のぶひら》の家来に相応《ふさわ》しい人物が見つからなかったからだ。

京都《きようと》に屋敷《やしき》を拝領した信平が上洛するにあたり、禄高《ろくだか》とお役目をかんがみ、それ相応の家来を召し抱えなければいけないのだが、これが難しい。

五摂家鷹司《ごせつけたかつかさ》家の出身で、三代将軍家光《いえみつ》の義弟。従四位下《じゆしいのげ》左近衛少将《さこんえのしようしよう》という官位を賜《たまわ》り、紀州徳川《きしゆうとくがわ》家の松姫《まつひめ》を伴侶に得て松平《まつだいら》の姓を許された家柄でも、家来になりたいと願う者は少ない。

理由を訊《き》けば、

「それがしのような者では、とてもとても務まりませぬ」

とか、

「願ってもないことなれど、京屋敷へ詰めるとなると」

と言い、顔を背けてしまう。

善衛門が回った先は将軍家直参旗本《じきさんはたもと》で、冷や飯食いの次男坊三男坊に声をかけるのだが、泰平《たいへい》の世にぬくぬくと育てられたせいか、江戸から遠く離れた場所で暮らすのがいやなのである。

しかも、信平が厳しい役目を仰《おお》せつかっていることは、ほとんどの旗本が知っている。ゆえに、鷹司松平家の名を出した途端《とたん》に、仕官への熱が冷めるのが分かった。

親たちはといえば、信平に仕《つか》えさせるよりも、良家の婿《むこ》に入れて、その家を継がせたいと願っている。

「次は、婿養子の縁談を持ってきてくだされ」

旧知の仲の者などは遠慮なしに言い、追い払う。

中には、是非《ぜひ》にも倅《せがれ》を、という旗本もいるのだが、そういうのに限って、大刀を腰に下げればよろけてしまうような軟弱者か、女の尻を追うことしか能がないようなろくでなしばかりで、話にならぬ。

ならばと、御家人《ごけにん》から探したのだが、旗本と同じで、これはという者にはすべて断られたのだ。

善衛門は、まさかこれほど人が見つからぬとは思っていなかっただけに、落ち込み焦った。

そんな時、断られるほんとうの理由を教えてくれたのは、二千石の葉山家を継がせている甥《おい》の正房《まさふさ》だった。

「皆、信平様にお仕えしたいのはやまやまなのですが、その、三千俵の蔵米《くらまい》というのが、引っかかっているようでございます」

京屋敷詰めは一時的なもので、御台所《みだいどころ》を暗殺しようとした輩《やから》が捕らえられれば、信平は元の禄高に戻されて江戸《えど》に戻り、京屋敷に詰める者は用がすめば追い出されるのではないかという噂《うわさ》が流れているという。

「誰がそのようなことを！」

善衛門は目をむいて憤慨《ふんがい》したが、この噂は、誰ともなくはじまり、あっという間に、旗本御家人のあいだに広まったという。

「それだけ、吹上《ふきあげ》で起きた事件の衝撃が大きかったということにございます。中には、公家《くげ》の出である信平様の陰謀ではないかと――」

「馬鹿者！」

善衛門は、正房が驚愕《きようがく》するほどの声をあげ、

「そのようなことを信じる者など、こちらから願い下げじゃ！」

さらに憤慨して帰ってきたというわけだ。

赤坂御門までは頭に血が昇っていて、どこをどう歩いたかよく覚えていないが、門外へ出たところで我に返り、

「とはいうものの、これは困ったことじゃ。旗本衆にとって、殿はまだまだ新参者。大事な息子を預けるには、こころもとないということか」

善衛門はぼそぼそと独《ひと》り言《ご》ち、ため息をついたのである。

これまでの信平の苦労を思えば、譜代《ふだい》の直参という名の元にあぐらをかいている旗本衆の態度に、腹が立ってくる。

「まったく、たいした働きもせぬくせに、己《おのれ》の保身ばかり考えよって情けない」

善衛門は背中を丸めて、信平の屋敷へ帰った。

将軍の宴《うたげ》で御台所の命を狙うというたくらみを信平が阻止したのだが、芝口橋《しばぐちばし》で取

り逃がした藤原伊竹《ふじわらこれたけ》が言ったことがまことなら、徳川幕府の転覆《てんぷく》を狙う公家がいる。蔵米三千俵の加増と京屋敷を拝領した信平の役目は、不穏な空気が漂う京に赴《おもむ》き、怪しい動きをする公家を監視すること。これをまっとうするためにも、自由に動かせる家来が五十や百は欲しいところだが、そう簡単に集まるものではない。まして、公家を相手にするとなると、誰でもいいというわけにはいかぬ。

それに加えて、藤原のように剣技に優れた輩を相手に戦えなければならない。

善衛門はこのひと月のあいだ、手蔓《てづる》を頼って人材を探し回ったのだが、いまだ一人も雇えていない。

「このままでは、殿のお役目に支障が出る。なんとかせねば、なんとか」

焦る善衛門は、あれこれ考え、ぶつぶつ独り言を言いながら屋敷に帰った。そして、屋敷のそばまで来た時、表門が開かれているのに気付き、歩を速めた。

門の中には大名行列の家来が控え、式台《しきだい》の前には、屋根に葵《あおい》の御紋が輝く大名駕籠《かご》が横付けされていた。

その駕籠を見た善衛門は、さらに気が重くなり、門番の八平《やへい》に、じっとりとした目を向けた。

「紀州様か」

「はい」

「いつ参られた」

「かれこれ、一刻半ばかりになりましょうか」

「奥方様の顔を見に参られたのではなかろう」

「はい。不機嫌なご様子でございました」

「おおかた、小言《こごと》を言いに来られたのであろう。殿も、難儀なことじゃ」

善衛門の勘は、当たっていた。

この時、信平は、舅《しゅうと》頼宣《よりのぶ》に月見台に誘い出され、二人きりで酒を飲んでいたのだ。

頼宣は、信平の出世を喜び、祝い酒を持ってきていたのであるが、酒がすすむにつれて口数が少なくなり、

「ちと、婿殿と二人にしてくれ」

沈み切った声で、松姫に人払いを命じたのだ。

佐吉《さきち》が庭に控えているが、月見台の声が聞こえる位置ではない。

松姫と侍女の糸《いと》は、月見台より座敷《ざしき》に下がって見守っているが、この場所からも、声を聞き取ることはできなかった。

信平は、朱塗りの銚子《ちょうし》を持ち、頼宣に酌《しゃく》をした。

頼宣はそれを機に、口を開いた。

「京屋敷からの知らせでは、町に浪人が増えているらしい。油断は禁物だぞ」

「はい」

「家来は集まったのか」

「それが、なかなか」

「阿部豊後守《あべぶんごのかみ》から、江戸中の剣術道場を当たれと言われたのではないのか」

「確かに記した物を頂戴しましたが、剣技に優れた者は皆、宮仕えをしてございました」

「空いておる者には、手練《てだれ》がおらぬと申すか」

「何名かおりましたが、葉山善衛門が人柄が悪いと申して許しませぬから、人選はまかせてございます」

頼宣は真顔で応じる。

「善衛門は頑固者《がんこもの》ゆえ、よほどの者しか雇うまい。出立《しゅったつ》の日に間に合うのか」

「府内にいなければ、あちらで雇います」

「まあ、それもよかろう。困った時は、遠慮なく申せ。わしの国許《くにもと》には良《い》い家来が大勢おるゆえ、いつでも助《すけ》っ人《と》に出す」

「おそれいります」

頼宣は、盃《さかずき》を口に運びかけた手を降ろし、暗い顔でため息をついた。

「いかがなされましたか」

信平が訊くと、

「うむ……」

頼宣は渋《しぶ》い顔をして、盃を置いた。

「いつ江戸に戻られるか分からぬと聞いたが、まことか」

じろりと、睨《にら》むような目を向けられ、信平は目を伏せた。

「やはり、そうなのだな。松は、知っておるのか」

「はい」

「どうりで、浮かぬ顔をしておると思うた。笑みを見せても、父の目は誤魔化《ごまか》せぬと
いうに、無理をしおって」

「申しわけございませぬ」

「何ゆえ詫《わ》びる」

「舅殿を、長くお待たせすることになろうかと思いますゆえ……」

信平に心中を見抜かれて、頼宣は、ふっと、笑みをこぼした。今日訪ねたのはほか

でもない。いまだ孫ができておらぬのに単身で上洛する信平に、小言のひとつでも言ってやろうと思ってのことだったが、出迎えた松姫の顔を見た途端に、元気付けてやらねば――

という気持ちになり、信平の出世を喜んだのだ。

頼宣は盃を取って飲み干し、ゆっくり息を吐いた。

「子でもおれば、松の気も紛れるであろうが、またもやそなたを待ちながら暮らすのかと思うと、わしは胸が痛む。千石などにこだわったわしが、愚かであったと思うてな」

信平は居住まいを正した。

「舅殿が尻をたたいてくださったおかげで、かえって深い絆《きずな》で結ばれたと思うております。姫も、そう申しておりました」

頼宣は意外そうな顔をした。

「まことか。まことにそう思うているのか」

「はい」

頼宣は喜んだものの、不安そうな顔をした。

「しかし、京のおなごは美しいと聞く。そちも男じゃ。誘惑に負けるのではないか。

いや、ならぬとは申さぬ。わしも、側室の一人や二人おるからの」

探るような目を向けられたが、

「ご案じなさりませぬよう」

信平はきっぱりと言い、酒をすすめた。

廊下で善衛門が咳《せき》ばらいをして、腰を低くして月見台に近づくと、ちらりと頼宣を見るなり、

「殿と奥方様の貴重な時間を邪魔されておられるところ、ご無礼つかまつります」

などと、あからさまに嫌味を言うものだから、酒を飲んでいた頼宣がむせ返り、善衛門を睨んだ。

善衛門は無視して、信平に告げる。

「殿、ただいま戻りました。今日もこれという人物に出会えず、手ぶらでござる」

信平は穏やかに応じる。

「今も話していたところじゃが、京屋敷に詰める者は、京で雇おうと思う。いざという時は、舅殿がお力を貸してくださるそうじゃ」

善衛門は表情を明るくした。

「それは心強い限り。では、それがしこれより、馬を調達してまいりまする」

「今からか」

「出立まで十日。急がねば支度が間に合いませぬ。紀州様、ご無礼つかまつります」

頼宣に頭を下げた善衛門は、佐吉を連れてふたたび出かけて行った。

目で追っていた頼宣が、笑いながら信平に言う。

「あの者、すっかり家来じゃな」

「はい」

「さて、帰るとするか」

「どうぞ、お気になさらずに」

「そうはいかん。あの者が帰ってくる前に退散せねば、まだ邪魔をしておるのかと叱られるからの。口は悪いが、なかなかに良い男じゃ。大事にいたせ」

「はは」

「京では、しっかり役目を果たせ。それが、江戸に帰る近道ぞ」

頼宣は信平の背中をたたき、武運を祈ると言った。

見送りを終えた信平は、松姫と月見台に戻り、庭に咲くあじさいを眺《なが》めながら夕涼みをした。

松姫は扇を広げ、ゆるやかに信平を扇《あお》ぎながら遠慮がちに訊く。

「父上は、何を申されたのですか」

「そなたが寂しそうだと、案じておられた」

「まあ、そのようなことを……」

信平は、松姫の手をにぎった。

「たとえ千里離れても、そなたのこの手の温《ぬく》もりは忘れぬ」

「わたくしも、同じにございます」

身を寄せる姫を抱いた信平は、目を閉じた。

月見台で身を寄せ合う信平と松姫を見守る侍女の糸は、松姫が人目をはばかって涙を流していたのを知っているだけに、

「おいたわしや」

声を震わせて、共に控えているお初《はつ》の着物の袖をつかんだ。

「何ゆえ、殿が行かねばならぬのですか。苦労して共に暮らせるようになったというのに、あんまりです」

腹立たしげに言う糸に、お初は厳しい顔を向けた。

「信平様がご不在の時は、奥方様が家を守らねばなりませぬ。酷《こく》なようですが、侍女のあなたが泣いている場合ではございませんよ」

「分かっています、分かっていますとも」

「信平様は、御公儀には必要なお方。この一件が片づけば、江戸に戻ってまいられます。それまでの辛抱《しんぼう》です」

「お初殿、それはまことか」

訊いたのは、廊下を歩んできていた中井春房《なかいはるふさ》だ。

「豊後守様が、そう申されたのか」

「はっきりおっしゃったわけではございませんが、そうでなくては、このたびのご出世は、信平様にとっては罰を受けたも同然になります」

お初が厳しい口調になるのは、実は昨日、このことを阿部豊後守に問い、出しゃばるなと叱られていたからだ。

阿部豊後守にしてみても、相手が公家だけに、すぐに決着がつくとは思っていない。ゆえに、信平がいつ江戸に戻れるかなど訊かれても、答えられないのだ。

「一月《ひとつき》で解決するかもしれぬが、五年や十年かかるやもしれぬ。このことは、誰にも分からぬことじゃ」

お初は豊後守からそう言われていたが、この雰囲気の中で誰にも言えるはずもなく、胸に秘めているのだ。

「信平様のことですから、きっと、長くはかかりませんよ」

お初は自分に言い聞かせるように、不安そうにしている糸を励ました。

二

上洛の旅に使う信平の馬が届けられたのは、翌朝だ。

牝馬《ひんば》ゆえか体高は低めで身体《からだ》も小さいのだが、栗毛《くりげ》の艶《つや》も良く、立ち姿が美しい。

「殿がこの馬に乗って京に入られれば、町の者の目が釘付《くぎづ》けになりましょうな」

善衛門が満足そうに言い、馬の手綱《たづな》を渡した。

「どうぞ、お乗りくだされ。足も速いですぞ」

「さようか」

信平は馬の頭をなでてやり、首を軽くたたいた。

大人しい馬は大きな目で信平を見ると、顔を寄せてきて鼻を鳴らし、前足で地面を掻《か》いた。走りたくてたまらないようだ。

「松、野駆《のが》けにまいろう」

信平の誘いに、松姫は一瞬戸惑《とまど》った。

「さ、奥方様。お召し替えをいたしましょう」

糸に背中を押された松姫は、部屋に戻った。

程なく現れた松姫は、髪を降ろして後ろでひとつに束ね、水色の小袖に、藍染《あいぞ》めの袴《はかま》を着けていた。

美しさに微笑《ほほえ》んだ信平は、松姫を鞍《くら》に乗せるとその後ろへ飛び乗り、落ちぬよう両腕で抱くようにして手綱を持った。

馬の腹を軽く蹴り、門外へ出ると、人気《ひとけ》がない場所は小走りさせて渋谷村《しぶやむら》まで足を延ばした。

渋谷川のほとりに出ると、信平は馬を走らせた。

松姫は怖いと言ったが、しばらくもせぬうちに、

「風が、気持ちようございます」

信平に身をまかせて乗馬を楽しんだ。

緑が濃い田舎《いなか》の景色を楽しみながら川上に進み、草原の中に聳《そび》える銀杏《いちょう》の木の下に行くと一休みした。

ゆるやかに流れる川のほとりに座り、川底が見えるほど透き通った水の流れを眺めながら、信平と松姫は、貴重な時を無駄にすまいと、会話を弾ませた。

「旦那様、川の中で魚が輝いています。あのようにして泳いでいるのですね」

「川で泳ぐ魚を見るのは、初めてか」

「はい」

信平は立ち上がると、狩衣《かりぎぬ》の裾《すそ》を端折《はしょ》り、指貫《さしぬき》の裾を上げて浅瀬に入った。

魚を獲《と》るのかと思いきや、信平は、対岸に咲いていた桔梗《ききょう》の花を摘《つ》み、松姫に差し出した。

「綺麗《きれい》」

松姫は嬉《うれ》しそうに微笑み、花の香りを楽しんだ。

その愛らしい顔に、信平の鼓動《こどう》は高鳴る。もうすぐ離れなければならぬと思うと、寂しくてたまらない。

「来年もまた、ここへ来よう」

「……はい」

松姫の声は潤《うる》んでいたが、信平に涙を見せまいとして、笑みを浮かべた。

「戻ろうか」

信平は松姫の手を取って立ち上がり、馬に乗せた。

馬を歩かせて渋谷川沿いを帰っていると、前にいる松姫が、手綱を持つ信平の手をにぎって顔をうつむける。何かを言いだせなくて、悩んでいるように思えた。

「いかがした」

信平が訊いても松姫はしばらく黙っていたのだが、意を決したように、手に力を込めてきた。

「できることなら、旦那様と共にまいりとうございます」

信平は、辛《つら》そうに目を閉じた。

「麿《まろ》とて、松と離れとうはない。だが、そなたを連れて行くのは許されぬのじゃ」

「大名家の妻子が江戸から出られぬのは定め。わたくしは確かに紀州徳川家の娘ですが、今は、信平様の妻にございます」

「麿と共に上洛できぬのは、そなたが舅殿の娘だからではない」

「されど――」

信平は、松姫を制するように、片手で抱きしめた。

「旦那様……」

「案ずるな。麿は必ず戻る」

信平が単身で上洛を命じられたのは、それだけ、京での役目が危険を伴うからであり、これは、阿部豊後守の計らいであった。

理由を言えば、松姫はどんな手を使ってでも江戸を抜け出し、信平のもとへ走るであろう。それゆえ、御公儀の命令として、松姫に告げていたのだ。

しかし、松姫の勘働きは鋭い。共に行きたいと言ったのも、善衛門やお初の様子を見て、最愛の信平が危ない役目を帯びていることを察したからである。

「わたくしがおそばにいては、足手纏《あしでまと》いですか」

「松、そのようなこと、あろうはずがない。できることなら共に行きたいが、許されぬのじゃ」

「不安なのです。御台所様がお命を狙われた際、旦那様はお怪我《けが》をされましたから。遠い京でどのような危ない目に遭《あ》われるかと思うと、身体が震えるのです」

「京には、我が剣の師匠もおられる。相手がどのような者でも、倒されはしない」

松姫は堪《こら》えていた気持ちを抑えられなくなり、信平の腕にしがみついて身体を震わせている。

温かい涙が手に落ちた信平は馬を止め、松姫を両手で抱きしめた。

「松、そなたを遠い江戸に置いたまま、この世から去ったりはせぬ」

「旦那様……」

「約束する。麿は、必ずそなたのもとへ帰る」

松姫は信平の腕にしがみつき、うなずいた。

一陣の風が吹き、土手下の一面に広がる緑がさわさわと波打つ。

腕にぎゅっと力を込めた信平は、松姫の胸の鼓動が落ち着くまで、そのままでいた。

三

翌日は、阿部豊後守からの呼び出しがあり、信平は大名小路《こうじ》へ向かった。城ではなく、阿部豊後守の屋敷に招かれたのは、上洛の支度で忙しい信平に配慮してのことか、それとも、お忍びの用があってのことか分からない。

同道するお初に訊いても、何も聞いていないという。

屋敷に入り、書院の間に通された信平は、見事に手入れされた庭を背にして座した。

程なく現れた阿部豊後守は、

「信平殿、忙しいところ呼び出してすまぬ」

声をかけつつ、険《けわ》しい顔つきで座った。

信平は両手をついて頭を下げた。

阿部豊後守は面《おもて》を上げるよう告げて、信平の目を見てきた。

「小耳に挟んだが、上洛の供をさせる家来が集まっておらぬそうだな」

「捜しておりますが、なかなか、難しいことでございます。豊後守様のお心遣いをいただいておきながら、面目《めんぼく》次第もございませぬ」

「わしのことは気にせずともよいが、数多《あまた》ある道場に使えそうな者が一人もおらぬとは、どうしたことか」

「これと思う者は皆、宮仕えをしてございました」

阿部豊後守はうなずいた。

「実はわしも当たってみたが、此度《こたび》の役目に使えそうな者がおらなんだ。今のままでは、お役目にさしつかえよう。いかがするつもりだ」

「京屋敷に仕えさせる者は、京で見つけようと存じます」

「なるほど。して、あてはあるのか」

「今のところ、ございませぬ」

阿部豊後守は顎《あご》をなでて考え、ひとつ息を吐いた。

「仕方ない。お初を連れて行け」

信平にとっては願ってもないことだ。

「お許しいただけますか」

「人がおらぬのでは仕方がない」

「おそれいります」

「お初、よいな」

下座に控えているお初が、決意を秘めた顔で頭を下げた。

「では、本題に入ろう。今日来てもろうたのはほかでもない。上洛の日を、一日でも早めてもらいたい」

「向こうで、何かございましたか」

「うむ。方々から浪人者が集まり、治安が悪化しておってな。藤原伊竹のことは所司《しょし》代《だい》が手を尽くして捜していたのだが、町の治安維持に忙殺されるようになり、助けを求めてまいった。これまで江戸で数々の事件を解決した信平殿の上洛を心待ちにしておるとも書いておったゆえ、力になってやってくれ」

「かしこまりました」

「人が足りぬなら、他の家来も何人か貸すがどうじゃ」

「お初殿で十分にございます」

「うむ。信平殿」

「はい」

「上様は、そなたに期待しておられる。京屋敷では、それ相応の人数を揃《そろ》えて、役目に励め」

「はは」

「相手はいまだ得体が知れておらぬが、何か分かれば、すぐに知らせをくれ。できるだけのことをする」

「承知いたしました」

「そなたと酒を飲みたいところだが、これから登城せねばならぬ。許せ」

信平は首を横に振った。

阿部豊後守は、控えている小姓《こしよう》に顎を引いた。

応じた小姓が、信平の前に袱紗《ふくさ》の包みを置いて下がる。

「わしの気持ちだ。路銀の足しにしてくれ」

恐縮した信平は断ろうとしたが、お初が横から引き取り、驚いて見る信平に微笑んだ。

笑った阿部豊後守が、表情を改めて告げる。

「信平殿、朝廷とのことも、くれぐれも頼むぞ」

「かしこまりました」

信平は頭を下げ、部屋を辞した。

赤坂の屋敷に帰った信平を出迎えた善衛門が、お初の顔色を見て、信平の袖を引っ張った。

「殿、お初はご機嫌斜めのようですが、何かございましたか」

言われて気付いた信平が、台所に向かうお初の後ろ姿を見て首をかしげた。

「さて、そのようには思わなかったが」

「豊後守様は、なんと申されました」

「朝廷のことを頼まれた」

「それは、ご実家を頼めばどうとでもなりましょう。他には」

「上洛を、一日でも早めてほしいそうじゃ」

「なんですと！」

善衛門は、口をむにむにとやった。

「それでなくとも日がござらぬのに、早めろとはなんたることじゃ！」

「まったくです」

言ったのは、台所から茶を持ってきたお初だ。

文句を言うのかと思いきや、信平に茶を出し、無言で去っていく。

上洛の期日を早めることを断らなかったことに、腹を立てているのだろうか。

そのことを訊く信平に、善衛門は大きくうなずく。

「お初は、奥方様のご心中を案じておりますからな。殿に腹を立てているというよりは、豊後守様にではござらぬか」

「さようか。しかし、所司代殿から助けを求められた。急ぎ支度を整えて、上洛せねばならぬ」

「急に申されましても、まだ二日はかかりますぞ」

「二日か。それならばよかろう」

「供をさせる者はどうなされます。まだ一人も雇っておらぬのですぞ」

「そのことならもうよい。京屋敷に詰めさせるのは土地に詳しい者が良いと思うゆえ、京で暮らす者から見つけよう」

「豊後守様はなんと」

「お許しくだされた。お初を連れて行くこともな」

「おお、それはようござった。お初が行ってくれるなら心強い。では、出立は三日後の朝といたします」

「うむ」

善衛門が支度のために立ち上がった時、廊下の下から五味正三《ごみしょうぞう》が顔をのぞかせた。

驚いてのけ反《ぞ》った善衛門が、口をむにむにとやる。

「なんじゃおぬしか。今は相手をしている暇《ひま》はないぞ」

「ご隠居、顔を見るなりそれはないでしょ」

「うるさい。殿がお忙しいのは知っておろう。しっしっ」

「ちょっと、それがしは野良犬ですか」

五味はつべこべ言いながらも、四つん這《ば》いでじわじわと座敷に上がり込み、信平の前に座った。

「こりゃ、人の話を無視するでない」

善衛門が怒ったが、五味は両手を振って見せた。

「まあまあ、そうおっしゃらずに。せっかくいい話を持ってきたのですから、ご隠居も聞いてくださいよ」

「なんじゃ、嫁でももらうのか」

「まさかまさか」

五味が手を額の上でひらひらとやり、ひとつ咳をして胸を張る。

「それがしこのたび、御奉行から京に出張を命じられました。ただの出張ではございませんぞ。鷹司松平信平様の供をせよと、命じられたのです」

「はっ？」

善衛門が口をあんぐりと開けた。

そこへ、松姫と糸が奥の座敷から出てきた。

「これはこれは奥方様、本日もご機嫌麗《うるわ》しゅうございますな」

にっこりとして言う五味に、松姫は微笑みかけた。

「五味殿、声が聞こえました。旦那様の力になってくださるのですか」

「はい。たった今、御奉行から仰せつかってまいりました。この五味正三が京に行くからには、信平殿を守ってさしあげます。なんといっても、今の京は治安が悪うございますからな。先日も、所司代の与力《よりき》が二人も斬られたとのこと」

「それは、まことですか」

松姫の顔色が変わったが、五味はそれに気付かず凶悪な事件が多発していることを饒舌《じょうぜつ》に語った。

役人を狙った辻斬《つじぎ》りに、商家に押し込む強盗など、江戸とはくらべものにならぬほどだという。

「先日などはですな——」

無神経に語ろうとする五味の頭に冷や水がこぼれたのは、その時だった。

「わわっ、冷た！」

「あら、ごめんなさい」

お初があやまったが、目は怒っている。お盆から茶碗《ちゃわん》を落としたというよりも、ぶっかけたというのが正しいだろう。

お初が頭を拭いてやるふりをして、いらぬことを言うな、と耳打ちしたので、五味ははっとした。

「何か、まずいことを言いましたか」

「馬鹿」

お初が五味の顔に手拭いをぶつけた。

それを見ていた糸が笑った。

口に手を当てて驚いていた松姫が、おかめ顔で情けなさそうにお初を見上げる五味の様子に、くすくすと笑いだす。

五味はまだ気付かず、信平に問う顔を向けた。

「松が心配しておるゆえ、お初は京のことを聞かせとうなかったのだ」

「そ、そうだったのか。それは、申しわけないことをしました」

五味に頭を下げられた松姫は、首を横に振った。

「危ないお役目であることは、存じています。されど、旦那様を信じていますので、大丈夫です」

「松が申すとおり、五味が来てくれるなら心強い」

信平の言葉に、五味は嬉しそうに鼻をこすった。

「それで信平殿、出立はいつです？」

「七日の朝だ」

信平はそう告げて、松姫に顔を向けた。

松姫は急な話に驚いたようだが、黙ってうなずいた。

焦ったのは五味だ。

「あと二日しかないじゃないですか」

善衛門が言う。

「そういうことじゃ。共に行けるのか」

「すぐ支度にかかります」

五味はお初の味噌汁《みそしる》も飲まずに、八丁堀《はっちょうぼり》へ帰っていった。

「殿、七日にご出立とは、どういうことでございますか」

口を開いたのは糸だ。松姫の様子を気にしている。

信平が事情を話すと、糸は不服そうな顔をした。

「どうして信平様ばかりが……」

「糸、口を慎みなさい」

「でも奥方様……」

「さ、支度を急ぎますよ」

糸はまだ何か言いたそうだったが、信平に頭を下げ、松姫に従って奥へ下がった。

四

松姫が自ら畳んだ新しい狩衣を長持《ながもち》に入れていると、糸が手伝いの手を止めた。

「そういえば、京屋敷で殿の身の回りのお世話をする者はいるのでしょうか」

「お初が共にまいるのですから、安心です」

「京は江戸と違って、町民文化が華やかだと聞いています。一度、行ってみたいものですね。そうだ。ご実家のお殿様にお願いして、秋に京見物にまいりましょう」

「糸」

「はい」

「わたくしに気をつかっているのでしたら、余計なことです。わたくしたちは、この家を守るというお役目があるのですから」

糸は嬉しそうな顔をした。空《から》元気ではなく、奥方としての風格を見た気がしたからだ。

「糸、手が止まっていますよ」

「はい」

「次は、何を入れればよい？」

「帯紐《おびひも》でございます」

忙しく働く松姫と糸の様子をそっと見ていたお初は、自室にいる中井春房のところへ行き、声をかけた。

「お初殿、いかがされた」

部屋を訪れたことなどこれまでなかったので、中井は慌《あわ》てて、読み散らかしていた書物を片づけた。

「ご相談があります」

「なんなりと」

「お耳を」

お初が耳打ちすると、中井は目を輝かせた。

「それは良いお考え。葉山殿は、ご承知か」

「むろんにございます」

「分かった。では、糸殿にはそれがしからお伝えしましょう」

「よろしく頼みます」

お初が去ると、中井はさっそく動いた。

支度の手伝いをしている糸を呼び出し、

「そういうことですので、よろしいか」

計画を伝えると、

「心得ました。あとは、わたくしにおまかせを」

糸は嬉しそうに胸をたたいて承知した。

家の者が何やらたくらんでいる時、信平はというと、自室で狐丸《きつねまる》の手入れをしていた。

懐紙《かいし》を口にくわえて刀身を眺めていると、廊下を歩んできた善衛門が、佐吉とこそこそ何かを話しながら通り過ぎて行った。

信平は気にせず、手入れをすませた刀身を懐紙で拭い、鞘《さや》に納めると刀掛けに置いた。他にすることがなく、暇になった信平は月見台に出て緋毛氈《ひもうせん》の上に横になり、肘《ひじ》枕《まくら》をしてくつろいだ。

忙しく働く者たちの声や気配を背中に感じながら、庭を眺めた。

月見台の下にある池で鯉《こい》が跳ね、それに驚いた水鳥が飛び立った。あじさいのあいだに動くものがいたので目をこらすと、茶色の野うさぎがこちらを見ていた。

佐吉が、庭に穴を掘ると小言を言っていたうさぎだろう。月見台へ渡る者の足音がすると、うさぎは何処《いずこ》へともなく去ってしまった。

「殿」

声をかけたのは善衛門だ。

信平が起き上がると、膝をついた善衛門が、かしこまって頭を下げた。

「それがし、上洛の前に甥と別れをしとうございますので、今日明日と、暇をいただきたいのですが」

「さようか。ゆるりとしてくるがよい」

「はは。それから、佐吉でございますが……」

「分かっておる」

「はあ？」

「佐吉は、国代《くによ》を連れて行きたいのであろう」

「聞こえておりましたか。国代には、京屋敷のおなご衆を束ねてもらいたいと思うのですが、いかがか」

「麿も、そう思うていたところじゃ」

「きっとお許しくださると思い、二人にも、別れをさせに行かせております」

「どこに行ったのだ」

「浪人時代に世話になった、東大久保村《ひがしおおくぼむら》の両山四郎左衛門《りょうやましろうざえもん》の家にござる」

「ふむ、さようか」

「では、これにてごめん」

善衛門はいそいそと信平の前から去ると、そのまま屋敷を出た。

ふたたび横になった信平は、松姫が支度を終えて来るのを待っていたのだが、忙しいのか出てこない。

「信平様、夕餉《ゆうげ》の支度が調《ととの》いました」

お初に声をかけられて、信平は座敷に入った。

松姫はすでに待っていて、信平の膳《ぜん》の横に座っていた。いつもは、糸と中井春房もいるのだが、松姫と二人分しか用意されていなかった。

「今日は、静かだな」

膳に着いた信平が松姫に向くと、松姫が告げる。

「糸と中井は、紀州の藩邸に行きました」

「藩邸に？」

「はい。父上が呼びつけたとかで、今宵《こよい》は戻らないそうです」

「さようか。お初、何かわけがありそうだな」

信平が訊くと、給仕をしたお初が二人に頭を下げた。

「ご出立の日までお二人で過ごしていただきたいという、葉山殿の気遣いでございます」

「善衛門の」

「はい。わたしは明日の朝まいります。では」

お初は二人に微笑み、去っていった。

あっけに取られた信平と松姫は、顔を見合わせてしばらく黙っていたが、善衛門がこそこそしていたのを思い出し、どちらからともなく笑った。

「善衛門の奴《やつ》、いらぬ気をつかいよる」

「わたくしは、気持ちが嬉しゅうございます」

「うむ。あとで、月見酒でもどうじゃ」

「はい」

信平と松姫は、二人きりの食事をすませると、夜になるのを待って、月見台で酒を楽しんだ。

ほんのりと顔を赤くした松姫が、夜風が気持ちいいと言い、空を見上げる。

信平も上を向く。

「星が美しいな」

「はい」

「こうしていると、空を見上げてそなたを想うていた頃を思い出す」

「わたくしもです。寂しくなれば、またこうして空を見まする」

松姫の潤んだ声に、信平ははっとして顔を向けた。星明かりの中に見える松姫の白い横顔に、一筋の滴《しずく》が伝う。

信平が手を伸ばし、松姫の柔らかい頬《ほお》に触れると、松姫は身をゆだねて瞼《まぶた》を閉じた。

信平は抱き寄せ、瞼を閉じたままの松姫の唇に、唇を重ねた。

「松……」

二人だけで過ごす時は無情にも過ぎ去り、上洛の旅に出る日がやってきた。

水色の狩衣を纏《まと》い、松姫と共に表に出た信平は、皆を見回した。

善衛門と佐吉が迎え、五味とお初と国代は、五名ほどの足軽《あしがる》と共に待っている。

信平は馬に跨《また》がり、見送る松姫を見つめた。

「くれぐれも、お気をつけて」

涙を堪えた松姫が声を詰まらせたが、すぐに笑みを見せてくれた。

その後ろで、糸が口を押さえて頭を下げ、中井は、両手に拳《こぶし》を作り、伏し目がちに頭を下げた。

「では、まいる」

信平に応じた善衛門が、出立の声をあげた。

馬が門へ向かうと、松姫があとを追って門外に出た。

上洛の道へと向かう信平の姿が見えなくなるまで見送った松姫は、馬が辻を曲がった刹那《せつな》に唇を嚙《か》みしめ、溢《あふ》れ出る涙を拭った。寂しさを堪えて空を見上げ、祈るように言う。

「どうか、ご無事で」

第二話　大井《おおい》川《がわ》の老馬

一

宿の部屋の障子《しょうじ》を開けた信平は、二階から空を眺めた。二日前まで降り続いていた雨はやみ、今朝は晴れ渡っている。轟々《ごうごう》と流れる大井川の音が、昨日よりは幾分か小さくなったようにも思える。

「今日は、渡れるであろうか」

信平が言うと、朝茶を飲んでいた善衛門が、さあ、と言って口を尖《とが》らせ、渋い顔をする。

段梯子《だんばしご》（階段）を上がる音に顔を向けると、出かけていた五味が戻ってきた。その後ろには、酒肴《しゅこう》を載せた膳を持った仲居が続き、

「そこに置いてくれ、あとはこちらでやる」

五味の言いつけに応じて膳を置くと、信平に両手をついて頭を下げ、部屋から下がった。

佐吉が訊く。

「酒を持ってこさせたということは、今日もだめでござるか」

「そういうこと」

うんざりしたように答えた五味が、手酌《てじゃく》をして盃をあおる。

「川の様子はどうだったのだ」

訊いた善衛門に、五味は難しい顔を向けた。

「川越え人足《にんそく》が言うには、水が濁《にご》っているし、流れも速いとかで、まだ二、三日は川止めが解《と》けませんよ」

「それは困ったことじゃ。出立を早めたというに、これでは元も子もないではないか」

「まったくです」

五味は相槌《あいづち》を打ちながら手酌をして、二杯目を干した。

三杯四杯と酒がすすみ、ほろ酔い気分になると、

「箱根《はこね》八里は馬でも越すが、越すに越されぬ大井川ぁ、か」

など鼻唄《はなうた》を唄うので、外を眺めていた信平が顔を転じて訊く。

「なかなかおもしろい唄だ。土地の唄なのか」

「これはですね、川のほとりで足止めされた馬子《まご》が唄っていたのですよ。越すに越されぬ大井川とは、はは、うまいこと言うものです」

「笑いごとではない！」

怒ったのは善衛門である。

「川止めは今日で十日だぞ、十日」

五味は眉尻《まゆじり》を下げた。

「ご隠居、それがしに怒られても困りますよ。長雨はお天道様《てんとさま》の気分次第。梅雨《つゆ》という季節が悪かったのです」

「言われんでも、分かっておるわい」

善衛門は口をむにむにとやって銚子を奪うと、やけ酒をあおった。

そこへ戻ってきたお初が、五味と善衛門に冷ややかな目を向ける。

「二人とも、川止めにかこつけて毎日飲んでいるじゃないですか。そうやってじっとりしていると、着物にかびが生えますよ」

黙って背を丸める二人を見据えたお初が、信平に向いて言う。

「江戸に知らせを走らせました」

「うむ」

信平は立ち上がった。

善衛門が盃を置いて続いた。

「狐丸をお持ちになって、どちらに行かれます」

「宿場町の見物じゃ」

お初が前を塞《ふさ》いだ。

「では、お着替えをしてください」

「うむ？」

「奥方様がご用意されたお召し物がございます」

お初が長持から出したのは、淡黄色《たんこうしょく》の麻《あさ》の小袖と、灰色の袴《はかま》だった。暑い道中のことを気にかけて、松姫が支度していてくれたものだ。

信平が着替えていると、佐吉が案内役を願い出た。

お初は国代と出かけるというので、善衛門と五味を残した信平は、佐吉と出かけた。

佐吉は、浪人時代に一度だけ、この宿場に逗留《とうりゅう》したことがある。

東海道《とうかいどう》の難所のひとつである大井川の東側にあるこの島田宿《しまだじゅく》は、普段から川越えの順番を待つ旅人でにぎわっているのだが、ひとたび川止めともなれば、長雨の場合は二十日も足止めを食らうことがある。そのあいだも、江戸から上方《かみがた》へ向かう旅人が来るので、宿はたちまち溢れかえり、大変なにぎわいになるのだ。

それを相手にする商売もたくさんあり、長い川止めのあいだには、宿での遊興で路銀を使い果たす者も出るほどで、馬子が唄う、越すに越されぬ、の意味は、川越えの前に路銀を使い果たし、旅をあきらめることになった者たちを哀れんだものとも言えよう。

実際に、佐吉の案内で町を歩んでみると、川止めですることがない旅人たちが盛り場をうろつき、声をかける女たちに連れられて、店の中へと入ってゆく。

町外れには、荷を運ぶ馬子たちが集まる場所があり、建ち並ぶ馬屋には、多くの馬が預けられていた。

馬子の中には、旅人と同じように遊興に溺《おぼ》れてしまい、馬屋の代金を女に注《つ》ぎ込む者もいるらしく、その馬子の馬は、道端に繋《つな》がれている。

信平が、自分の馬の様子を見に行った時も、道端に繋がれ、食う物もろくに与えられていない馬を見かけた。

佐吉が言う。

「酷《ひど》いことをする馬子もいるのです」

信平はうなずく。

「あの馬たちは、川止めが解けるまでこのまま繋がれているのか」

「ほとんどの者は、日に一度は様子を見に来るようです。藁《わら》ではなく、道端の草を適当に食べさせるのですが、それならまだ良いほうで、三日も四日も、水だけ与えて放っておく者もいます。川止めが解けた時に馬が使い物にならなくなっている事態に気付く愚か者もいます」

佐吉から教えられた信平は、道端に繋がれている馬を遠目に見ながら、盛り場で騒いでいた馬子たちの姿を思い返していた。

「佐吉も、川止めで逗留したのか」

「いえ、島田の刀に興味がございましたので、わざわざ足を運びました」

「この地は、刀鍛冶《かたなかじ》が盛んと聞いているが、佐吉が来るとなると、質が良いのか」

「今川《いまがわ》、武田《たけだ》、北条《ほうじょう》、徳川といった名だたる戦国武将が求めた刀で、造りはまさに、戦場の激しい戦いに耐えるよう仕立てられた、剛剣でございます」

佐吉が言うとおり、島田物と呼ばれた刀は、東海道の覇権《はけん》を争う武将たちに重宝《ちょうほう》され、戦国の世以前から続く歴史を持ち、大勢の刀匠《とうしょう》を育てた。泰平の世となった今でも、宿場には多くの刀鍛冶が軒を連ねている。

暇だったのもあり、信平は興味をそそられた。

「見てみたいものじゃ」

「では、ご案内を」

佐吉に連れて行かれた場所は、刀を鍛《きた》える音が響き、通りには旅の侍が大勢行き交い、各々《おのおの》思う場所を見物している。

信平は、その者たちにまじって見物していたのだが、佐吉の言うとおり、どれも見事な業物《わざもの》であった。

見物客の中には、刀に惚《ほ》れ込み、

「わしの正宗《まさむね》と交換してくれ」

と言う者がおり、佐吉を驚かせていた。

天下の名刀といわれる正宗であるが、名だたる戦国武将が使ってきただけに、見る者によっては、島田物は、正宗に勝る魅力があるのだろう。

このやりとりは人の目に止まり、たちまち人だかりができた。信平と佐吉は、交渉

の決着を見ることなくその場を立ち去り、

「川の様子を見に行ってみるか」

大井川に足を向けた。

途中の盛り場では、馬子や旅の商人たちが酒に酔って騒ぎ、往来では、宿場役人に捕まり、酷く叱られる者がいたり、朝とは違ったにぎわいを見せていた。

川端に近づくと、石を積み上げた堰《せき》の上に人だかりができていた。

「何ごとでしょうか」

人々の様子が変だと佐吉が言うので、信平は足を速めた。

「無茶をする者がいるもんだ」

「あれじゃ、流されちまう」

という声が聞こえ、

「おぉい！　引き返せ！」

「だめだ！　そっちはだめだ！」

川を知り尽くしている川越え人足が、大声で叫んでいる。

人混みをかき分けて前に出た佐吉の後ろから、信平は顔を出して見る。すると、馬を駆り、濁流《だくりゅう》を進む侍がいた。

幅が十三町以上（約千四百メートル）はあろう濁流の半分を大きく過ぎ、あと少しでこちら側にたどり着けるが、人足たちが、手前の川は深いから無理だと、大声で教えている。

しかし、声は濁流の音に遮《さえぎ》られ、馬上の侍には聞こえていない。

馬は目を見開き、鼻の穴を大きく開けて必死に濁流の中を進んでいる。

「殿、あれは無理ですぞ」

佐吉が言った。

侍は必死に馬を励まし、馬は腹まで水に浸《つ》かりながらも、果敢《かかん》に進んでいる。

だが、深みに足を取られた。

「流された！」

誰かが叫ぶと同時に、侍が川に投げ出された。しかし侍は、泳ぎを身につけているらしく、濁流に呑《の》み込まれそうになりながらも、必死に手を動かして浮いている。馬は、水面から顔を出してはいるが、どんどん流されていく。

「見てられねぇ！」

屈強な人足が言い、ふんどし一丁で川に飛び込むと、二人、三人とあとに続き、侍を助けに行った。

人々から声援があがったが、相手は暴れ川の大井川。河童《かっぱ》のように泳ぎが達者な川越え人足をもってしても、侍を助けるのは容易なことではなく、流された。

見ていた人たちは、流されていく者たちを追って川下に走り、宿場役人は馬を馳《は》せた。

信平も、佐吉と共に川下に走った。

侍をつかんだ人足たちは、島田宿から十町も流されながらも、皆無事に岸へたどり着き、自力で土手を這い上がった。

信平が到着した時には、人足たちは息を荒くして横たわり、助けられた侍は、町役《ちようやく》人《にん》に介抱《かいほう》されていた。水を大量に飲んでいるらしく、息はあるものの、気を失っている。

程なく、息を吹き返した侍は、町役人の手を借りて立ち上がると、

「江戸に急がねばならぬ。馬を借りる」

ふらつきながらもそう告げた。

だが、役人は許さなかった。川止めを破ったのだから当然のことであろう。

「名を名乗られよ」

役人が厳しい口調で問いただすと、

「黙れ、京都所司代の早馬じゃ」

顔面蒼白《そうはく》で告げる侍は、役人をどかせて馬のほうに行こうとしたのだが、力尽きて膝を地につけ、ふたたび気を失って倒れた。

所司代の早馬と聞いては、信平は黙っておれぬ。

「佐吉」

「はは」

佐吉も心得ているらしく、侍を担《かつ》ぎ上げた。

「おい。何をするか!」

役人が驚いて止めようとしたが、信平が立ちはだかり、

「この者は麿が預かる。共にまいられよ」

そう告げると、宿に戻った。

あとを追って宿に来た町役人は、鷹司松平家が逗留している場所だと知り、

「こ、これは、とんだ御無礼を」

土間に膝をついてあやまるので、信平は、あの場では身分を明かせなかったと告げて役人を立たせると、医者を呼ぶよう頼んだ。

役人がきびすを返して医者を呼びに走る。

信平は佐吉に、部屋に上げるよう命じた。

留守番をしていた善衛門と五味が驚いて立ち上がり、五味は銚子を持ったまま信平に訊いた。

「ずぶ濡《ぬ》れじゃないですか。いったい何ごとですか」

佐吉が事情を聞かせると、善衛門が渋い顔で口を開いた。

「荒れ狂う川に飛び込んでまで江戸に急ごうとしたこの御仁《ごじん》は、所司代からどのような命《めい》を受けているのでしょうか」

佐吉が心配した。

「都で、何かあったのでしょうか」

「よからぬ知らせではなければよいが」

ぐったりとしている若い侍を見て、信平のこころに焦りが生じた。

二

若い侍が幸いにも意識を取り戻したのは、翌朝だった。

「ずいぶん疲れているご様子」

医者が、意識を失ったのは川で溺れたためではなく、旅の疲れであろうと言い、帰っていった。

上月《こうづき》と名乗った若侍は、信平の身分を知って目を見張り、慌てて布団から出て頭を下げた。

「上月殿、面を上げられよ。何ゆえ無茶をしたのか、麿に聞かせてくれ」

「はは」

上月は神妙に応じて、話しはじめた。

それによると、上月は京都所司代が公儀に宛てた書状を託されて東海道をひた走り、大井川には昨日到着したという。京都所司代の早馬は、川止めでも川を渡ることを許されているが、昨日の流れでは、慣れた川越え人足でも無理だった。しかし上月は、時間を取られるのを恐れ、人足たちが止めるのを振り切って、馬を駆って濁流に挑んだのだ。

「そこまで急ぐのは、京都で良からぬことがあったからか」

善衛門が訊くと、上月は暗い顔をした。

「辻斬りと強盗が増えております」

「それは聞いておる。所司代殿が早馬を出したわけはなんじゃ」

善衛門の問いに、上月がはっとして枕元に振り向いた。

「それがしの荷物はどこに」

善衛門が案ずるなと言い、佐吉が荷物を差し出した。背負っていた荷物はほとんどが濡れていたが、油紙に包まれた箱は蓋《ふた》が蠟《ろう》で厳重に封じてあり、中までは濡れていないだろう。

安堵《あんど》する上月に、善衛門が訊く。

「書状に何が書いてあるか、知っておるのか」

「いえ。それがしは小者でございますから、所司代様が運べと命じられれば、それに従うのみでございます。こうしてはおられません。急ぎ、江戸に行かねば」

立とうとするのを、善衛門が止めた。

「まあそう急ぐな。飯ぐらい食べて行ってもよかろう。佐吉、宿の者に支度を頼んでくれ」

「結構です。飯など食べている暇はございませんので」

「食べずにおれば、また途中で倒れるぞ。佐吉、頼む」

「承知」

佐吉が段梯子を下りて行った。

信平は、もう少し京の様子が知りたかったのだが、上月は所司代の屋敷からほとんど出たことがないらしく、

「伝え聞きますには」

と前置きを入れて、事件のことしか言わぬ。

不穏な動きをする者のことも、藤原伊竹の名前すらも知らないようだったが、所司代の様子を聞いた時に顔色が曇ったのを、信平は見逃さなかった。

「所司代殿に、何かあったのではないか」

信平が訊くと、上月は目をそらしたのだが、程なく、意を決したように、信平に両手をついた。

「先日、大怪我をされて戻られました」

「なんと！」

驚く善衛門を横目に、信平は落ち着いて問う。

「して、怪我の具合はどうなのじゃ」

「命はお助かりになりましたが、肩を弓矢で射貫《いぬ》かれ、その鏃《やじり》に仕込まれていた毒により、床に臥《ふ》せっておられます」

藤原伊竹と戦った時に弓矢を射られたことが、信平の脳裏《のうり》によみがえった。

「誰に襲われたか、分かっていないのか」

「はい。外出先からお戻りになる時に夜襲されたのですが、相手の姿を見ておられず、不覚を取ったと、嘆いておられました」

「そういうことであれば、所司代殿は、襲われたことを御公儀に伝えようとしておられるのだろう」

「急いでお届けしなければ」

「されど、馬は流されたぞ」

信平の言葉を受け、上月は悲しそうな顔をした。

「可哀《かわい》そうなことをしました」

「そなたの馬だったのか」

「いえ、継ぎ馬にございます。江戸には、この宿場の継ぎ馬を使って走ります」

「まだ顔色が良くない。少し休まねば身が持たぬぞ」

心配する信平に、善衛門が続いて口を開いた。

「継飛脚《つぎびきゃく》はどうじゃ。京都所司代が使うことは許されておるぞ」

善衛門が言う手段は公儀の飛脚で、老中《ろうじゅう》、大坂城代《おおさかじょうだい》、勘定奉行《かんじょうぶぎょう》、道中奉行《どうちゅうぶぎょう》といった幕府の要職に就《つ》く者が使う。二人一組で街道の宿駅ごとに引き継ぎながら走り、御用と書かれた札を持つこの飛脚の通行は最優先され、関所もそのまま通過でき、川越えの順番待ちもなく、京都と江戸なら、片道およそ三日で届けられた。

だが、所司代は、信頼できる家来に書状を託し、託された上月は、その期待に応えるべく、不眠不休で馬を乗り継ぎ、ここまで来ていたのだ。それゆえ、継飛脚を使うことを拒んだ。

上月は荷物を探り、悔しそうな顔をしてため息をついた。

「いかがした」

問う信平に、上月は顔を向けた。

「路銀を川に落としてしまったようなのです」

「路銀なら、麿が用立てよう」

「と、とんでもないことです」

「善衛門」

「はは」

善衛門が、自分の懐《ふところ》から路銀を出した。

「これだけあればよかろう。馬は、わしが調達してきてやる。それまで、ゆっくり飯を食うておれ」

善衛門は、遠慮する上月の懐に巾着袋《きんちゃく》をねじ込み、笑顔で肩をたたいて出かけた。

「かたじけのうございます」

仲居が運んできた飯を黙然と平らげた上月は、一晩ではまだ乾ききっていない着物を着て支度を整え、信平に改めて礼を述べて一階に下りた。上がり框《がまち》に腰かけて草鞋《わらじ》を着け、善衛門の帰りを待った。

外に出て見ていた佐吉が、

「遅い。もしやご老体、道に迷われたか」

と言って心配していると、見ている方角とは反対の辻から善衛門が出てきて、佐吉の後ろを通って宿の暖簾《のれん》を分けた。

それに気付いた佐吉が、馬はどうしたのかと声をかけると、振り向いた善衛門が睨み、

「話にならん！」

怒気を込めて言い放つと、鼻を鳴らして中に入った。

待っていた上月が立ち上がる。

善衛門は、不機嫌なまま声をかけた。

「上月殿、御用札を持っておられるなら出してくれ。分からず屋どもに、目にもの見せてくれる」

するとと上月は、ばつが悪そうな顔をした。

「あいにく、札は預かっておりませぬ」

「かぁ、持っておらぬのか」

悔しがる善衛門に、信平が問う。

「いかがしたのじゃ」

「この川止めのせいでござる。次から次へと旅の者が来ては足止めされるせいで、どの馬も押さえられて一頭たりとも空いておりませんのじゃ。公儀の御用だと言いましたら、その手には引っかからぬと言って、相手にしてくれんのです」

どうやら、同じようなことを言って馬を調達する者がいたらしく、札を見るまでは信用しないらしい。

「どうしても馬がいるなら、五十両で買えと言われました。話になりませんな」

「その調子だと、早駕籠も捕まらないでしょうね」

上月が心配したとおり、川止めで路銀が乏しくなり、旅をあきらめて江戸に帰る者が続出し、駕籠屋も捕まらない状態だった。

善衛門が口をむにむにとやって言う。

「継飛脚を使うにも、御用札がなければだめだ」

上月は立ち上がった。

「大丈夫です。今発てば、歩きでも今日中に駿府《すんぷ》に着きますから、そこで馬を調達します」

頭を下げて行こうとした上月を、信平が止めた。

「上月殿、それでは遅うなる。麿の馬を使われよ」

「めっそうもございませぬ」

上月は恐縮して拒んだが、

「佐吉、馬屋に案内《あない》をいたせ」

信平が命じると、佐吉は応じて上月を促《うなが》した。

上月は、申しわけなさそうな顔をする。

「まことに、よろしいのですか」

「うむ。大事なお役目を果たされよ。馬は、赤坂の屋敷に届けておいてくれればよい」

「さ、急ぎましょう」

佐吉に言われ、上月は信平に深々と頭を下げて、宿をあとにした。

入れ替わりに、朝から川の様子を見に出ていた五味が戻り、一階に信平がいたので驚いた。

「どうされたのです？」

「上月殿を見送ったのだ」

五味は表に振り向いた。

「あのお方、目をさまされたのですか」

「うむ。無理をして行ってしまったが、先が心配だ」

「へえ、よほどお急ぎなのでしょうね」

事情を知らない五味は、他人事《ひとごと》のような言い方をした。

善衛門が問う。

「それより、川はどうだった」

すると五味は、手をひらひらとやった。

「川上でまた大雨が降ったとかで、水かさが下がっていません。このぶんだと、明日も川止めは解けそうにないですな」

「さようか」

善衛門は無視をして部屋に上がった。

「ということでご隠居、どうです」

五味が指を曲げて口に当てて酒に誘ったが、善衛門は無視をして部屋に上がった。

「今日は不機嫌ですな」

下から覗《のぞ》いた五味が首をかしげ、まあいいやと言って、自分の分だけ酒を注文した。

信平と五味が部屋に戻っても、善衛門は一言もしゃべらずに背を向けている。

そんな時、隣の部屋にいたお初と国代が来て、国代が信平と善衛門に茶を淹《い》れてくれた。

お初は、酒を飲む五味に呆《あき》れ顔を向けたが、善衛門の怒気に気付き、信平に、どうしたのかという顔を向けた。

そこへ佐吉が戻り、信平の前に座った。

「無事に発たれました。殿にくれぐれもよろしくお伝えくださいとのことです」

「うむ」

「あの馬の足ならば、明日には江戸に着きましょう」

「当然じゃ！」

善衛門が大声を張りあげたので、五味が驚いて酒を吹き出した。

「どうしたのです、急に」

「うるさい」善衛門は背を向けたまま言う。

「あの馬は、わしが殿のために探した馬ぞ」

「その馬が、どうしたので？」

五味が訊いたので、佐吉が耳元で教えた。

「ははん、それでへそを曲げておられるのか」

「へそなど曲げておらんわい」

「まあまあ、御公儀のためですから、信平殿がしたことは仕方のないことでしょう。気前よく譲ったのならともかく、貸しただけじゃないですか」

すると、善衛門が五味を睨み、口をむにむにとやる。

「わしは、そのことで腹を立てておるのではない。殿があの馬で京にだな……」

もうよい、と言って背を向けた善衛門に代わり、佐吉が教えた。

「ご老体は、殿があの馬で京入りするのを楽しみにしておられたのだ」

五味は、酒を舐《な》めて舌を鳴らした。

「なるほど、確かに良い馬でしたからな」

善衛門は荒い鼻息を吐き、分かったか、という言葉を背中で語っている。

「すまぬ善衛門」

信平の声に善衛門はびくりとして、慌てて膝を転じた。

「いや、あやまっていただいては困ります。これは、それがしの気持ちの問題なのですから」

「善衛門の気持ち、嬉しく思うぞ」

善衛門は、しまったという顔をして、首の後ろをなでた。

五味が膝行《しっこう》して善衛門に盃を差し出した。

「さ、ご隠居、機嫌をなおして飲みましょう。信平殿の馬は、京に着く前にまた見つければよいのですから」

「たわけ、あの馬はな、千両もしたのだぞ」

「せっ、千両！」

五味がひっくり返らんばかりに驚いたので、善衛門が胸を張る。

「当然じゃ。何せ殿は、今や千四百石に加えて三千俵の蔵米を頂戴する大身旗本。そこらにおる馬では、見合わぬわい」

「よさぬか、善衛門」

信平に止められて、善衛門は恐縮した。

三

大井川の水かさが下がるまでには、さらに二日を要した。

川止めが解かれた朝、旅を急ぐ者たちで川原が埋まり、大混雑している。

川越え人足たちが旅人を連れて渡り、対岸から渡ってくる者たちとすれ違うと、川の両端が人の列で繋がった。

信平の一行は、混雑する人々から離れた場所にいて、善衛門が手配した人足たちを待っていた。

馬を貸した信平は、お初や国代と共に輿《こし》に乗って渡ることになり、川越え人足よりも屈強な体軀《たいく》の持ち主である佐吉は、下帯姿になって荷物を肩に担ぎ、別の宿に泊まっていた足軽たちも、自力で渡る支度を整えて待っている。

「遅いな」

袴の裾をまくり上げた五味が、照りつける日差しに目を細めて土手の上を見ている。

信平は、川上に目を向けた。水の流れる音にまじり、一際大きな声がしたからだ。

「ほら、何してるだ。歩け、ほら、歩けこの！」

馬子が声を荒らげているのは、黒毛の馬に対してだった。

荷物を載せられている馬は、馬子が尻をたたこうが手綱を引こうが、びくとも動かない。

「こら、くろ、動けこの！」

手綱を両手でにぎり、顔を赤くして引っ張ったが、馬は前足を踏ん張り、水に入るのをいやがっている。

よくよく見れば、馬は全身が汚れ、痩《や》せているように思える。

信平は、遊興に浸る馬子に放っておかれていた馬たちのことを思い出した。おそらくこの馬も、川止めのあいだ中道端に繋がれて、ろくに餌《えさ》ももらっていないのだろう。

そう思うと、馬を痛めつける馬子を止めずにはいられなくなり、足を向けた。

「殿、いかがされた」

善衛門の声に答えず足を進めた信平は、馬の尻を棒でたたこうとした馬子の手を止めた。

「何するだ！」

怒った馬子が、侍の身なりをしている信平を見てはっとした。

「な、なんですか」

「この馬は、くろと申すのか」

「え、ええ、そうです」

「そちの馬か」

「はい」

「いやがる馬を痛めつけても弱るばかりだ。少しは労《いたわ》ってやらぬか」

「とんでもねぇ。そんなことしてたら、日が暮れてしまいます」

馬子は手綱を取り、足を踏ん張って力いっぱい引いた。

「来い、ほれ、来い！」

歯を食いしばって引っ張る馬子であるが、いやがる馬は首を振った。その拍子《ひょうし》に手綱から手が離れた馬子が、後ろによろけて川の中に尻餅をつき、全身ずぶ濡れになった。

その様子を見ていた別の馬子たちが、指を差して大笑いしている。

「この馬鹿馬め！」

目をひんむいた馬子が腰から棒を抜いてふたたび振り上げたので、信平が馬の前に立ってかばった。

「お武家様、どいてくだせぇ」

「殿！」

佐吉が駆け付けると、その大きさに馬子が驚き、

「ひいい」

ふたたび川の中に尻餅をついた。

「佐吉、引き上げてやれ」

「はは」

下帯姿の佐吉が川に入り、馬子の手を引いて岸へ上げてやると、恐れて逃げようとしたので信平が呼び止めた。

「お、お助けを」

砂地に土下座する馬子に歩み寄り、信平は言う。

「思い違いをいたすな。麿は咎《とが》めはせぬ」

「ははあ」

「どうじゃ。この馬を譲ってくれぬか」

「ここ、このような駄馬、めっそうもございません」

「頼む。いくら出せばよい」

馬子は不思議そうな顔を上げた。

「ほ、本気でございますか」

「うむ。そちが望む金額を出そう」

馬子は唇を舐めた。

「で、では、二十、いえ、三十両ほどで」

「あい分かった。善衛門、金子《きんす》を頼む」

善衛門が慌てて駆け寄り、耳打ちした。

「殿、いくらなんでも人が好《よ》すぎますぞ。あの馬にそれほどの価値があるとお思いか。荷馬であるばかりか、どう見ても老馬でござる。十両の価値もございませぬぞ」

「それでもよい。麿は、あの馬が気に入ったのじゃ」

「川も渡れぬ馬をですか」

「うむ」

やりとりを聞いていた五味が、善衛門の袖を引っ張った。

「なんじゃ」

「信平殿には、妙な眼力があると思うのですがね。ほら、先日の茶碗のことを思い出してくださいよ」

「馬鹿、よう見てみい」

善衛門に手を引っ張られて馬を見に行った五味が、情けなさそうな顔で首を垂れている馬の身体を見て、表情を曇らせた。

「うぅむ。確かに」

それを聞いた善衛門が、即座に言う。

「殿、お考えなおし──」

振り向いた時、そこに信平はおらず、お初から金子を受け取っていた。

「殿！」

慌てて止めようとしたが、

「これで良いな」

信平から金子を渡された馬子は大喜びして頭を下げると、善衛門にも頭を下げた。

馬から荷を下ろし、自分で背負って宿場に引き返す馬子の後ろ姿を、善衛門が苦々しい顔で見送った。

千両もした馬を人に貸し、いつ死んでもおかしくないような老馬に三十両も出す信平に、善衛門は、呆れて声も出ない様子だ。

おまけに、雇っていた川越え人足の使いの者が来て、怪我をしたから今日はあきらめてくれというではないか。

頭を抱えた善衛門は、

「ここまで行く手を阻《はば》まれるのは、京に巣食う魑魅魍魎《ちみもうりよう》の仕業《しわざ》に相違ござらぬ！」

呪《のろ》われていると言い、祈禱師《きとうし》を呼んでお祓《はら》いをするなどと言いだした。

慌てた人足の使いが、

「この空ですと明日も晴れますから、朝一番で必ずお渡しいたしますので、ご辛抱を」

腰を折って約束するので、佐吉がじろりと睨んだ。

「貴様、謀《たばか》る気か」

「めっそうもございませぬ。では、明日の朝」

逃げ腰で言う使いの者は、このようなことは常のことらしく、佐吉の追及をかわし、まるで霞《かすみ》の中に消えるように立ち去った。

佐吉が、悔しげに拳で手の平を打った。

「怪我をしたというのはおそらく嘘《うそ》で、さしずめ、どこぞの大商人が大金を積み、あいだに割って入ったに違いござらぬ」

この年代はまだ、幕府による川越えの決めごとが確立していないだけに、川止めが解けて混雑している時は、金がものをいうというわけだ。まして、身分を明かしていなかった信平の一行が軽視されても、仕方がない。

善衛門が信平に歩み寄る。

「殿、先を急がねばなりませぬ。このまま、我らだけで渡るしかございませぬぞ」

「うむ」

「この馬はどうしますか」馬の手綱を取った佐吉が口を挟んだ。「どうやら、腹が減っているようですが」

「水を怖がっておるのだ。置いて行くしかあるまい」

善衛門の言葉を背中で聞きながら、信平は馬に歩み寄って首を軽くたたいた。そして、佐吉から手綱を預かり、善衛門の元に戻った。

馬は素直に従い、信平に付いて歩く。

「どうじゃ、善衛門。麿はこれを、良い馬と思うが」

善衛門が改めて馬を見る。

千両で買った馬より一回り大きい身体をしており、足も長い。だが、毛並みが悪く、痩せている。

ぶつぶつ言いながら、馬の周りを歩いた善衛門は首をかしげた。

「殿のおっしゃるとおり、磨いてみる価値はありそうですな」

「では、決まりじゃ」

「何がでござるか」

「もう一晩、ここへ泊まることにしよう。馬屋に預けて一晩休ませてやれば、川を渡る元気が出るやもしれぬ」

善衛門は驚いた。

「京へ連れて行くと仰せか」

「うむ」

「では殿、馬の世話を、それがしにおまかせください」

佐吉が名乗り出た。馬の扱いは、両山四郎左衛門に世話になっていた時、身につけたという。

「明日の朝までにどこまで世話できるか分かりませぬが、だめなら、それがしが二、三日逗留してあとを追います」

「どうじゃ、善衛門」

信平に訊かれて、善衛門は渋い顔をした。

「まあ、荷を運ぶぐらいのことはできましょうからな。分かりました。ここまで遅れたのですから、一日日延べしたとて大差はございますまい。人足もおらぬことですし、出立は明日にいたしましょう。ただし、一日だけですぞ」

「佐吉、よろしく頼む」

「承知」

佐吉は笑みで手綱を受け取り、馬を連れて馬屋に向かった。

五味が首をかしげ、信平に言う。

「しかし、馬子が押しても引いても動かなかった馬が、ほんとに川に入るのですかね」

信平は答えずに、宿へ引き返した。

善衛門が足軽たちに声をかけ、信平の行列は川原から上がった。

佐吉は馬を引いて通りを歩んでいたのだが、その姿を、驚きの顔で見ている男がいた。

背丈は低いが、表情はたくましく、鍛え上げられた身体つきをしており、細帯を巻いた腰には小太刀を帯びている。

年の頃は、二十五、六だろうか。

有り余る若い力をうちに秘めている、といった感じの男は、人混みに身を隠しながら佐吉を追いはじめた。

普段の佐吉なら容易に気付くであろうが、人混みの中で馬を引くことに気を取られ、まったく気付いていなかった。

四

佐吉は、信平の馬を預けていた馬屋に行き、

「一晩世話になる」

あるじに頼むと、馬を小屋に連れて入った。

まずは水を与え、次いで干し草と藁を混ぜた餌を与えてやると、馬は旺盛《おうせい》な食欲を見せた。

その場で、馬が食べ終わるのを待っていた佐吉は、

「おう。腹一杯食べたか。次は、汚れを取ってやるぞ」

手綱を引くと、手桶《ておけ》を持って近くの川原に下りた。

川に入るのをいやがると思った佐吉は、手桶で水を汲《く》んで馬に掛け、束ねた藁で身

体をこすり、汚れを落としてやった。

所々に、馬子にたたかれた生傷があるのを見つけて、

「惨《むご》いことをされたな。もう大丈夫だ」

傷をこすらぬようにして身体を洗った。

馬も気持ちがいいらしく、怯《おび》えた顔が穏やかになり、目には力が出てきた。

日の光を浴びて汗ばむ馬の身体に脂がのってくると、毛並みは艶《つや》やかになり、佐吉を驚かせた。

馬を引いて馬屋に帰ると、川越えの順番を待っていた馬子たちが注目し、馬屋のあるじは、別の馬かと思ったと言い目を見張った。

「前の馬も素晴らしいと思っておりましたが、これも良い馬ですな。どこで手に入れられたのですか？」

「これはな、馬子に痛めつけられていた荷馬を、我が殿が三十両で買い取られたのだ」

「ははぁ、三十両で。それは、得をされましたなぁ」

「あるじなら、今この馬にいくらの値を付ける」

「五百両！」

あるじが即座に答えたので、佐吉は驚いた。

「本気で言っているのか？」

「ええ、もちろんです。少々痩せていますが、これは良い馬です。荷馬にされていたのが信じられませんよ」

「そうか、そうか」

佐吉は嬉しくなり、馬の頭をなでた。

「これも、殿のご人徳によるもの。お前、良いあるじに出会えたな。京に入るまでには、傷を治せよ」

佐吉の声に答えるように、馬が嘶《いなな》いた。


足止めされていた旅人はすべて渡り、夜になると、宿場は昼間の混雑が嘘のように静かだった。

今日到着した旅人たちは、明日の川越えに備えて早めに就寝し、盛り場を飲み歩く者はいなかった。

信平が救った馬がいる馬屋も、長旅をしてきた馬たちが休んでいる。月明かりに照らされる馬屋の中には馬の影が並び、鼻息や、地べたに敷き詰められた藁を踏みしめる音がする。

馬子たちが泊まる建物の角からつと現れた人影が、身体を低くしてあたりの様子をうかがうと、足音を立てぬように馬屋に近づいて行く。

そして、信平が救った馬の前に立つと、小声で名を呼んだ。

すると、奥にいた馬が歩み寄り、顔を近づけて鼻を鳴らすではないか。

男は両手で馬の顔に触れて、

「やはりお前、黒丸《くろまる》だな」

鼻に頰をすり寄せた。

「待っていろ、今出してやる」

たる木を外し、馬に手綱を掛けようとした時、男は気配を察して身を伏せた。

馬の様子を見に来た佐吉は、暗闇から突然襲ってきた曲者《くせもの》に驚きながらも、その一撃は辛《かろ》うじてかわしていた。

「何奴！」

地べたに這うように身を伏せる曲者が、身軽な動きで襲ってきた。

佐吉は、ふたたび拳を突き出す相手の腕をつかみ、ひねり上げて転倒させると、肘で腹を打った。

「うっ」

曲者は短い呻《うめ》き声をあげ、腹を押さえて苦しむ。

「この馬泥棒め」

佐吉が咎めると、

「あの馬は、おれの馬だ」

曲者は苦しみながら言い、気を失った。


信平が佐吉から知らせを受けたのは、朝方だった。

事情を聞きたいと思った信平は、善衛門と五味を従えて宿場の役所へ行き、男と対面した。

馬泥棒として縄を掛けられている男は、土間に敷かれた筵《むしろ》に座らされ、うな垂れている。

宿場役人は、信平が行くと頭を下げた。

「何を訊いても、馬を返せの一点張りで、話になりませぬ」

「うむ」

信平が近づくと、男は泥と汗に汚れた顔を上げた。ぼさぼさの髪の下には、活《い》き活きとした目が輝いている。

「あんたが、松平信平か」

「おい。無礼な物言いをするな」

佐吉が叱ると、男は、うるさいという顔で睨み返し、信平に目を向けて言う。

「黒丸を救ってくれたそうだな。礼を言わせてもらう」

「あの馬は、黒丸と申すのか」

男はうなずいた。

「おれが親父《おやじ》からもらった馬だ。返してくれ」

「見たところ馬子に見えぬが、忍びの者か」

男は顔を背けた。どうやら図星《ずぼし》のようだ。

「伊賀者《いがもの》か」

「ふん、そんな者ではない」

「こいつ、伊賀者を鼻で笑いやがった」

五味が言って善衛門を見ると、善衛門が小声で告げる。

「お初がおらなんで良かった」

「確かに」

うなずき合う二人には構わず、信平がさらに訊く。

「では、何者じゃ。正直に申せば、解き放つ」

「殿――」

善衛門が驚いたが、信平は男を促した。

男は、確かめるような目で信平を見ると、正体を明かした。

名は鈴蔵《りんぞう》。

父親は馬子であったが、五年前に病没し、黒丸は、父親から引き継いだものだった。

初めのうちは、商人を相手に馬子をしていた鈴蔵であるが、商人と共に上方と江戸を行き来しているうちに、情報が金になることを知り、馬子を辞《や》めた。

足の速い黒丸を駆って日《ひ》ノ本《もと》中を旅して城下のことを調べては、江戸のしかるべき所に売り込んでいたのだ。

幕府大目付《おおめつけ》が公儀隠密《おんみつ》を使って大名家を探ることはあるが、鈴蔵は誰にも仕えず、金で動いていた。

鈴蔵の情報は、公儀だけではなく、土地のことを知りたがる旅の商人からも重宝され、結構儲《もう》かった。

小銭を稼いだ鈴蔵は、旅の途中に立ち寄った宿場で、時には豪遊をしていたのだが、これがいけなかった。

荷を運ぶふりをして城下のことを探る者がいるというのが大名家のあいだに伝わり、宿場で遊ぶ鈴蔵の顔は、大名家の者に知られてしまったのだ。

そうなれば、警戒されるどころか命を狙われる。

行く先々で危ない目に遭わされ、ろくな情報を得られないようになった鈴蔵は、仕事の依頼が無くなり、食うにも困るようになった。

で、元の馬子に戻った鈴蔵は、昔なじみの仲間と商人の荷を運んでいたのだが、最初の仕事で立ち寄った箱根の宿場で、命よりも大事な馬を盗まれたのだ。

以来、物乞《ものご》いも同然の暮らしをしていた鈴蔵は、上方の商人を頼ることを思い立ち、街道をのぼっていた。そして、島田宿に到着した次の日に、佐吉に引かれる黒丸を見つけたというわけだ。

話を聞き、善衛門は渋い顔をしている。

五味は口を尖らせ、佐吉は、腕組みをして押し黙っている。

皆、鈴蔵の話を信じているのだろう。

信平も、鈴蔵が嘘を言っているようには思えなかった。

「善衛門、どう思う」

信平が訊くと、善衛門はちらりと目を向け、ため息まじりに言う。

「三十両も出した馬ですが、盗まれたものなら仕方がござらぬ。確かな証《あかし》があれば、返してやりましょう」

「うむ。佐吉、川原へ馬を連れてまいれ」

「はは」

「殿、何をなさるおつもりですか」

問う善衛門に、

「行けば分かる」

信平は言うと、鈴蔵の縄を解いてやった。

五

旅を急ぐ者は、すでに川越えをはじめていた。

川原で待つ信平たちのところに佐吉が馬を引いてくると、川原にいた馬子たちが、昨日の馬だとささやき、集まってきた。

鈴蔵の知り合いはいないらしく、声をかける者はない。

信平はそのことが気になったが、様子を見ることにした。

「黒丸！」

鈴蔵が名を呼び、歩み寄った。

「黒丸、お前こんなに痩せて、可哀そうに」

ふたたび会えたことを喜び、首をたたいたりなでたりすると、馬は鈴蔵の顔を舐めた。

「鈴蔵、会うのはいつぶりなのだ」

五味が訊くと、一年ぶりだという。

馬子として働いた期間も短い鈴蔵を知る者は少ないのだと信平は思い、見物に集まった馬子たちから目を転じた。

「鈴蔵。この馬に乗って、日ノ本中を旅したと申したな」

「はい」

「では、馬と共に川に入ることを、そちの馬である証といたそう」

信平の提案に、鈴蔵は応じた。

佐吉から手綱を預かった鈴蔵は、引いて川に入るのかと思いきや、鬣《たてがみ》をつかむなり身軽に飛び乗った。

鞍も付けていない馬に跨がった鈴蔵が、

「はっ！」

と気合を発するや、馬が前足を上げて嘶き、川の中へ走った。

その姿は勇ましく、老馬とは思えぬほど力強い。

「良い馬じゃ」

微笑む信平の横に、善衛門が並んだ。

「手放すのは、惜しゅうございますな」

佐吉が、馬屋のあるじが五百両出してもいいと言っていたことを教えると、善衛門が目を丸くした。

「やはり殿の目は、確かでござるな」

「善衛門が、磨に良い馬を買《こ》うてくれたおかげじゃ」

「と、殿、そのように言うてくださるか」

「泣くな、善衛門」

「はは」

応じても、嬉しさのあまり目を押さえる善衛門である。

鈴蔵を乗せた馬は水しぶきを上げて川を走り、中州《なかす》まで行くと、向きを変えて引き返してきた。

信平の前に来た馬は、あるじと共に走れたことを喜ぶように嘶いた。

鈴蔵は馬を降り、信平に頭を下げた。

「これで、信じていただけましたか」

「うむ」

「では、お返しくださるのですね」

「いや」

信平が言うと、鈴蔵が目を丸くした顔を上げた。

「話が違う！」

「まあ、そう申すな」

信平は、拳をにぎり締めて怒る鈴蔵に歩み寄り、佐吉から預かっていた小太刀を差し出した。

受け取ろうとする鈴蔵だが、信平は手を離さなかった。

「えっ」

驚く鈴蔵に、信平は言う。

「かつて諸国の城下を探ったように、京の様子を見てきてくれぬか」

すると、鈴蔵は小太刀から手を離し、信平の前に膝をついた。

「金で雇われるのはごめんだ。家来にしてくれるなら、なんでもする」

突然の申し出に、佐吉と五味が絶句した。

善衛門は、図々《ずうずう》しい奴だという顔で、鈴蔵を見ている。

信平は、鈴蔵を立たせると、手を取って小太刀をにぎらせた。

「麿はこれより上洛する。京は今、諸国から浪人が集まり、辻斬りや強盗などが多発している。先に京へ行き、様子を探ってくれ。その働き次第で、そちを家来にいたそう」

「そのお言葉、お忘れなきように」

鈴蔵は、自信に満ちた顔で信平を見ると、馬に飛び乗った。

「行くぞ！　黒丸！」

気合を発すると、黒丸は嘶きをあげて、大井川を渡って行った。

「と、殿、本気でござるか」

善衛門が、覗き込むようにして訊いた。

「今日出会ったばかりの者に、あのような約束をされてよろしいのか」

「麿が家来にすると申したのは、鈴蔵を信じたからではない」

「はあ？　では、何を思うて約束なされたのですか」

「黒丸じゃ。あの老馬の、昨日の姿を思い出してみよ」

「馬子に打たれていたことにござるか」

「うむ。あれほど動かぬ馬が、佐吉には素直に従った。黒丸は人を選ぶような気がする」

「まさか殿は、鈴蔵が黒丸を操《あやつ》る姿を見て、家来にしても良いと思われたのですか」

呆れる善衛門に、信平が涼しげな顔で言う。

「あの者、おもしろそうじゃ」

六

信平がようやく大井川を渡った頃、赤坂の屋敷に馬が届けられた。

届けたのは、信平の厚意によって無事に役目を果たした上月だ。

松姫の前に座る上月は、平伏《ひれふ》し、

「松平様のおかげをもちまして、この首が繋がりました」

続いて、大井川での信平の様子を伝えた。

上月が信平の屋敷に来たのは、阿部豊後守の気配りだった。

信平に助けられたことを上月から聞き、大井川で長い足止めをされていることを知った豊後守は、上月を直《じか》に遣わし、信平の様子を松姫に伝えさせたのだ。

京にはまだ遠い場所にいることを知り、松姫は、

「もうひと月もふた月も前に、旅立たれたような気がします」

江戸で待つのは長いと言い、目を伏せ、

「ご健勝と聞き、安堵しました」

知らせてくれた礼を述べた。

さらに、上月が所司代の使いで江戸にくだったと聞き、京のことを知りたがった。

だが上月は、京は平穏そのもの、と言うのみで、馬が素晴らしいとか、信平の人柄のことを言うだけで、話を濁したまま帰ってしまった。

「上月殿は、固く口止めをされているように見受けられます」

同座していた中井春房がそう述べて、険しい顔をする。

「それだけ、京で起きていることが、容易ならぬことなのでございましょう」

「中井殿」

糸が、口を慎め、と言わんばかりにかぶりを振って見せた。

気付いた中井が、ばつが悪そうな顔で松姫を見て、言いなおした。

「されど、何が起きていようが、信平様がご上洛なされば、すぐ解決されましょう」

すると、糸が間髪《かんはつ》をいれずに相槌を打った。

「そうですとも。奥方様、なんの心配もいりませぬ」

「二人とも、気をつかわなくてもよい。わたくしは、旦那様を信じていますから。心安らかにしています」

二人に背を向けて立ち上がった松姫は、表に行き、月見台に出た。

白い雲が浮かぶ空を見上げ、照りつける日差しを手で遮ると、信平が暑気に疲れていないかと、つい案じてしまう。

糸と中井に強がって見せても、日が経《た》つにつれて、信平と別れて暮らす寂しさが増していき、

「信平様……」

何をしていても、ふと、名前が出てしまう。

第三話　陰謀

一

この日、鈴蔵は、辻斬りがあった場所を検分する京都所司代配下の与力と同心たちを囲む見物人たちの中に立ち、噂話に耳をかたむけていた。

斬られたのは禁裏付《きんりづき》の役人で、宮中から出たところを曲者に襲われ、片腕を切り落とされていた。

禁裏付といえば、与力十騎、同心四十名を配下に持ち、宮中を警固《けいご》し、朝廷の予算を司《つかさど》る要職である。

禁裏付による宮中の守りは非常に堅く、公家といえども参内《さんだい》には必ず許可がいる。

配下には、武をもって門を守る与力と同心の他に、宮中の台所を切り盛りする賄《まかない》頭《がしら》、調理を吟味する御《お》板元吟味《いたもとぎんみ》役《やく》、皇族の食事の準備をする御膳番、包丁頭《ほうちょうがしら》などがいて、古《いにしえ》より宮中を守っていた者たちは廃され、徳川幕府の者が取り仕切っていた。

禁裏付は二名いるのだが、襲われた上橋謙吾《うえはしけんご》という人物は、二年前までは江戸で目付役をしていた千五百石の旗本で、柳生新陰流《やぎゅうしんかげりゅう》の免許皆伝《めんきょかいでん》。少々のことでは倒される者ではない。

それが、たった一人の曲者に負けたのだ。しかも、相手にかすり傷ひとつ負わせることもできなかったという。

上橋の供侍は二人いたのだが、この者たちは、腹の急所や、首の急所を手刀で打たれ、気を失った状態で見つかった。

見つけたのは禁裏付配下の侍ではなく、夜道を歩んでいた物売りだった。悲鳴を聞きつけて行くと、曲者の姿はそこになく、三人が倒れていたという。

上橋は、物売りに助けられて命を取りとめたのだが、腕を失ったことと、禁裏付として不覚をとったことを悔い、朝方、お付きの者が目を離した隙に切腹した。

京都所司代の牧野《まきの》親成《ちかしげ》に続き、禁裏付が襲われたことで、京には不穏な気配が漂っていた。

町では商家に強盗が押し入り、治安は悪化の一途をたどっている。

それゆえ、民のあいだには、都の警備を担《にな》う徳川幕府に対する不満が高まりつつあった。

野次馬の中から抜け出した鈴蔵は、町の様子を探るために頼ろうとしていた人物を訪ねた。

その人物とは、島原遊郭《しまばらゆうかく》の大門《おおもん》前にある西成屋《にしなりや》のあるじで、名を、奔次郎《ほんじろう》という。

壮年の奔次郎は口入れ屋をしているのだが、仕事柄、町の事情に精通している人物で、土地の者はもちろん、京屋敷を構える大名家の者からも一目《いちもく》置かれている。

その奔次郎が、店の敷居《しきい》を跨いだ鈴蔵を見るや、莞爾《かんじ》とした笑みを浮かべて迎え入れた。

「鈴蔵はん、よう来やはりましたな。さっそくやけど、ええ仕事がありますのや」

仕事をもらいに来ることになっていただけに、奔次郎は茶を飲む暇《いとま》も与えず、仕事の話をしようとした。

信平から仕事を受けている鈴蔵は、すまない、と言って片手を立てて奔次郎に詫びた。

「そのことなんだが、奔次郎さん。ここへ来る途中にご縁をいただいた」

奔次郎が、はあ？　という顔をした。

「それはつまり、よそ様で働くということかいな」

「まあ、そういうことになる。いや、ほんとのことを言うとまだ本決まりではなく、おれの働き次第というわけだ」

奔次郎は、鈴蔵の頭の天辺《てっぺん》からつま先まで見た。

「それで、何をする仕事どす？　力仕事どすか」

「今は、京の様子を探れと言われている」

途端に、奔次郎が険しい顔をした。

「あんさん、昔の仕事に戻る気ぃどすか」

「まあ、そんなところだ」

「へぇ。それで、雇い主は誰どす？　京の商人どすか」

「いや」

「ほな、江戸の商人どすか？」

鈴蔵は無言でかぶりを振った。

「違う？」

奔次郎は口を尖らせて、腕組みをして考えた。

教えようとした鈴蔵より先に、奔次郎が口を開いた。

「分かった。大坂の商人や」

「武家だ」

「お武家！」

奔次郎が眉間《みけん》に皺《しわ》を寄せて下顎を突き出した。

「大名屋敷にでも入る気ぃどすか」

「いや、江戸の旗本だ」

睨むように見ていた奔次郎が、

「あかん」

と言って、手を振る。

「ええか、あんさんは馬子の息子や。そのあんさんが御旗本に雇われるっちゅうことは、下働きをするいうことや。食うには困らんかもしれへんけど、儲かりまへんで。それでもええんかいな」

「おれは、長年物乞いをして気付いた。銭のために働くのは悪いことではないが、銭儲けばかりを考えていると、銭に使われるようになる。諸国の様子を探っていたのは、まさに銭のためだけ。他には何もない。銭のために仲間を裏切り、騙《だま》しもした。そのなれの果てが、今の自分だ」

「そやから、普通の仕事をして、普通の暮らしをしたいのとちゃうんかいな。そうゆうとったやろ」

「おれは、惚《ほ》れてしまったんだ」

奔次郎はますます怪訝《けげん》そうな顔をした。

「御旗本の殿様に惚れたんか」

鈴蔵はうなずいた。

「これまで、侍から町人まで多くの人を見てきたが、あんな人は初めてだ。理由は自分でも分からないが、あの人のために働きたいと思った」

「あんさんにそこまで言わせるとは、相当やな。そのお方は、なんちゅう名前や」

「松平信平様だ」

奔次郎は名前を聞くなり、餅《もち》を喉《のど》に詰まらせたような顔をしてのけ反った。

「な、なんやて」

「おれが惚れただけのことはある。奔次郎さんにまで名を知られているか」

「あのお方は元々、江戸の旗本やない。出はお公家さんや」

「はあ？」

「はあって、あんさん、何も知らんと、雇われようとしているんかいな」

「雇われるのではない。家来にしてくれる約束だ」

「家来やて！」

尻を浮かせて迫る奔次郎に、鈴蔵は身を反らせた。

「い、いったい、何者なんだ。松平信平様というお方は」

「ただの松平様ではない。鷹司家の出ぇの、松平信平様や」

「鷹司といえば、あの、五摂家の？」

「他に誰がおられますのや。しかもや、ええか、ここからが大事やからよう聞きなはれ。鷹司家の信平様は、三代将軍家光公の義弟にあたるご身分や」

すべてを聞いた鈴蔵は、奔次郎の肩を鷲《わし》づかみにして揺すった。

「ほんとうか、間違いないのか」

首が据《す》わっていない赤子のように頭を前後にした奔次郎は、鈴蔵の腕をつかんで止め、じっと目を見つめた。

「あてが嘘ついたこと、あらしまへんやろ」

「そ、そうだな」

鈴蔵は、考える顔をした。

戸惑っていると見た奔次郎が、諭《さと》すように言う。

「悪いことは言ぃしまへんから、あてが紹介する仕事をしなはれ。家来になるやなんて、とんでもないことや」

鈴蔵は手を合わせた。

「頼む。この町で起きていることで、知っていることをすべて教えてくれ。ただとは言わない。な、頼む」

「人の話を聞いてへんのか」

「おれにも運が開けてきたんだ。家来にしてもらうためにも、頼む」

「本気か？　本気で家来にしてもらうつもりなんか？」

「いいかげんな気持ちで、奔次郎さんに頼みごとはしない。おれは、信平様の家来になると決めた。それには、どうしてもあんたの力がいる」

拝むように頭を下げる鈴蔵に、奔次郎はため息をついた。

「何が知りたいんや」

「信平様が京に入られるまでに、様子を調べるよう命じられた。おそらく、禁裏付が斬られたことと関わりがあると思うんだ」

奔次郎は目を見張った。

「信平様が、上洛なさるんか」

「うむ。働き次第で家来にすると言われたのだ。大きな事件のことを詳しく知らせれば、認めてくださる」

　奔次郎は考える顔になり、伏し目がちに告げる。

「禁裏付様のことも、所司代様のことも、探るのはやめたほうがええ」

「何か知っているのか」

「知らん。けど、いやな匂いがぷんぷんや。それは分かる。信平様は、この件のことで上洛なさるんか？」

「そんなこと、おれが知るか。京の様子を探れと言われただけだ」

「信平様はお公家さんや。朝廷とのことで、大事なお役目がおありになるのやろ。物騒なことに巻き込まれたらあかんので、用心されていなはるに違いない。いらんこと、言わんほうがええのとちゃうやろか」

「そうだろうか」

「物騒なことは、お公家さんには無理や。信平様には、恐ろしい事件がぎょうさん起きているので気をつけるようにて、それだけお伝えすればええ。これを写しなはれ」

　大福帳《だいふくちょう》のような帳面を渡されて、鈴蔵は目を通した。

　近頃京で起きた事件のことが書かれている。

鈴蔵が顔を上げると、奔次郎がうなずく。

「この商売をしていると、自然と耳に入ることもあるんや。中には、役人より詳しいことが分かっているのもあるさかい。それを丸写ししてお渡しするとええ。きっと、認めてくださるはずや」

「ありがたい。恩にきるよ、奔次郎さん」

「礼は、たっぷり弾んでもらいますよって」

「いくらだ」

「そやなぁ、ほんまに家来にならはったら、角屋《すみや》に招待してもらいまひょか」

「島原花街の、揚屋《あげや》の角屋のことか」

「他にどこがありますのや」

高級で有名な揚屋だ。

鈴蔵は鼻白《はなじろ》んだが、奔次郎が、どうだ、という顔をしているので、胸を張って見せた。

「分かった。楽しみに待っていな」

そう言って、鈴蔵は帳面に書かれている中で、これと思うものを写すと、西成屋を辞した。

物憂《ものう》げな顔で煙管《きせる》の煙草《たばこ》をくゆらす奔次郎の背後に座った番頭が、

「よろしいのですか」

と訊く。

「鈴蔵のことか」

「はい。だんさんの手伝いをさせるつもりでおましたのでしょう」

「まあ、本人があぁ言うのやから、しゃぁないなぁ」

「ほんまに、侍になるつもりですやろか」

「馬子の息子が勤まるはずないと思うとるのやろうけど、あんがい、役に立つ奴やからな。ひょっとすると、ひょっとするで」

「そうでしょうかねぇ」

「ま、これから先、なんか訊いてくるようなことがあれば、それはそれで、儲けにしようやないか。情報が金になることを鈴蔵に教えたのは、このあてや。そのへんのところは、あいつもよう分かっとる」

奔次郎はそう言うと、煙管をたたいて灰を落とした。

二

所司代に続いて禁裏付が襲われたことは、早馬で江戸に伝えられた。

城からの知らせを屋敷で受けた老中の松平伊豆守《いずのかみ》は、対応を議論するために登城の支度をしていたのだが、家来が廊下に膝をつき、来客を告げた。

訪ねてきたのは、下杉藩《しもすぎはん》の江戸家老、遠藤正成《えんどうまさなり》だった。

伊豆守が知らぬ者ではないが、会っている暇がないので断ろうとしたのだが、

「京のことで、お話ししたいことがあるそうです」

家来に言われて、伊豆守は目つきを険しくした。

下杉藩は、河内国《かわちのくに》内に十五万石の領地を持つ大名だ。京にも近いため、何か重要なことかと思った伊豆守は、考えを改めて会うことにした。

遠藤を待たせている客間に入ると、鬢《びん》に白髪《しらが》が目立つ初老の侍が、両手をついて頭を下げた。

「お久しゅうございます」

堂々とした態度で言う遠藤とは、下杉藩の先代藩主、井村丹後守勝正《いむらたんごのかみかつまさ》の代から付き

合いのある仲で、堅苦しいあいさつの中にも親しみがうかがえる。

膝を突き合わせて座る伊豆守も、表情はいつものように鋭いが、

「遠藤殿、元気そうでなにより」

と言う声音《こわね》は、ずいぶん穏やかだ。

「して、今日は何ごとじゃ」

「あるじ勝幸《かつゆき》様より文が届き、急ぎ参上つかまつりました」

「聞こう」

「率直に申し上げます。我が藩に、京の警備と治安維持を、お命じくださりませ」

「何」

伊豆守は、鋭い目を向けた。

遠藤が真顔で口を開く。

「おそれながら、所司代殿が曲者に襲われ、京の治安が悪化の一途をたどっていることが上方中に広まりつつあります。そんな中、禁裏付殿までもが襲われたとあっては、将軍家の御威光に関わる一大事。このままでは、朝廷の心証にも影響が出かねませぬ。そこで、御公儀が確かな策をもって動かれるまでのあいだ、下杉藩に京の警備をお命じくださいい。お許しあればただちに上洛して、不埒者《ふらちもの》どもが動けぬよう押さえ

込みまする」

伊豆守は、真顔で応じる。

「確か丹後守殿は、今年は国許であったな」

「はい。御下命あれば、自ら上洛すると意気込んでおられます」

「先代も忠義に厚い御仁であったが、当代勝幸殿も、そこは引き継いでおられるようじゃ」

「おそれいりまする」

「申し出、うけたまわった」

「はは！」

「おって沙汰《さた》するゆえ、しばし待たれよ」

伊豆守は遠藤を帰らせ、急いで登城した。

下杉藩は外様《とざま》だが、先代勝正侯はできた人物で、領民からも慕われ、将軍家に対しても忠誠を尽くしたことで、

「譜代ならば、勝正侯は幕閣に名を連ねたであろう」

と、惜しまれるほどだった。

それゆえ、伊豆守の信頼も厚く、勝正侯が存命の時は、公の場で顔を見た時は必ず

話をするなどの交流があった。

五年前に突然の病で他界してからは、下杉藩の者とは疎遠《そえん》になっていたものの、跡を継いだ勝正の息《そく》、勝幸のことは気にかけていた。

その勝幸が、京の警固を申し出てきた。

本来なら、譜代の大名を急行させるところだが、伊豆守は、下杉藩にまかせるのも悪くないと思い、まずは、阿部豊後守に話した。

「うぅむ、下杉藩か」

話を聞いた阿部豊後守は、腕組みをして考えた。それは一瞬のことで、探るような目を伊豆守に向けて訊いた。

「所司代の申し出は、いかがされる」

「そのことは、まだ上様の断がくだっていない。それまでの繋ぎと思えば良いのではござらぬか」

「伊豆殿がそう申されるなら、異論はござらん」

阿部豊後守は、幕閣たちとの合議の場で賛同することを約束した。

本丸の控えの間から白書院に移動した伊豆守と豊後守は、まずは、他の幕閣たちの話を聞き、これといった策がないのを確かめたうえで、下杉藩を上洛させる案を将軍家綱《いえつな》に進言した。

外様を京の警備に就けることに難色を示す者もいたが、

「下杉藩の手勢を向ければ、京に入り込んだ浪人どもに目を光らせることができる」

豊後守の援護で、一同は口を閉ざした。

幕閣の意見がまとまったことで、伊豆守は将軍家綱に決断を促したが、家綱は即断しなかった。

「下杉藩には、上洛の支度を整えさせて待機させよ」

「おそれながら、ことは急を要します。ご決断を」

伊豆守が再度促すと、家綱は阿部豊後守に問うた。

「信平の居場所は、まだ分からぬのか」

「申しわけございませぬ」

この時、阿部豊後守は、大井川を渡った信平の居場所を知らなかった。急を要する事態になろうとは思ってもいなかった阿部豊後守は、お初に、随時居場所を知らせるよう命じていなかったのだ。

「されど、近々到着いたしましょう」

阿部豊後守がそう告げると、伊豆守が続いて言上《ごんじょう》した。

「まずは下杉藩に上洛させ、治安を取り戻すことが肝要かと」

「分かった。さようせい」

上洛の命令はただちに下杉藩にくだされ、江戸家老の遠藤は、国許に早馬を遣わした。

江戸からの書状を受け取った藩主勝幸は、そばにいる国家老の沖本《おきもと》に鋭い目を向けた。

「喜べ忠之《ただゆき》、上洛が許されたぞ」

沖本は、勝幸の胸のうちを知るただ一人の男。

顔に覚悟の色を浮かべた沖本は、畳に両手をついて頭を下げた。

「おめでとうございます」

「すぐに上洛の支度を整えよ」

「はは」

静かに部屋を辞する沖本を見送った勝幸は、書院の棚から文箱《ふばこ》を取り、中から一通の文を取り出した。

庭に面した廊下に立つと、どこからともなく現れた下僕が濡れ縁の前で片膝をつき、首を垂れる。

「これを、嵯峨《さが》殿に届けよ」

勝幸が命じると、下僕は文を受け取り、ただちに発った。

三

京のとある隠宅は、渡月橋《とげつきょう》を遠くに望み、眼下に流れる桂川《かつらがわ》を眺めることのできる場所にあるのだが、これは、勝幸がこの家に暮らす嵯峨という女のために建て替えさせたものだ。

周囲を森に囲まれたこの場所は、亡き母の沢子《さわこ》と共に隠棲《いんせい》した場所で、以前は、雨漏りがするようなぼろ屋だった。

勝幸の援助により新しくなった屋敷は、苔《こけ》の生えた岩を自然のままに見せる見事な庭園があり、茅葺《かやぶ》きの建物は、贅《ぜい》を尽くした装飾が施されている。

優雅な暮らし向きなのだが、嵯峨の胸のうちは、長年にわたる憎悪に満ちており、その憎悪が力となり、齢《よわい》四十を超えようという女の身体は、妖艶《ようえん》ともいえる美しさを増していた。

夜も更け、蠟燭《ろうそく》の明かりの中にいる嵯峨は、白い小袖に、赤い絽織《ろおり》の羽織《はおり》を掛け、黒く艶の良い垂髪《すべらかし》を夜風にゆらしている。色白の顔に映える紅《あか》い唇に薄い笑みを浮かべているのは、勝幸から吉報の文が届いたからだ。

文に目を通した嵯峨は、ゆらめく蠟燭の火を見つめた。

その目つきは、これから起こることを想像し、次第に鋭くなってゆく。

「邪魔者が江戸から来なければ、わらわは、このような場所にいなかったはずじゃ。見ておれ、今に、目にもの見せてくれる」

憎しみを込めた言葉を発する嵯峨は、本来なら、京外れの地で隠棲する身分ではないのだ。

その理由は、嵯峨の身体に流れる血にある。

嵯峨の母沢子は、公家の高条公道《こうじょうきんみち》の娘で、父親は、後水尾《ごみずのお》法皇なのだ。

母の沢子は、後水尾法皇が天皇であった時に、四辻与津子《よつつじよつこ》と並び寵愛《ちょうあい》を受けた女官であった。

沢子は、与津子と争うこともなく、宮中で雅《みやび》な暮らしをしていたのだが、その幸せは長くは続かなかった。

二代将軍秀忠《ひでただ》の娘和《かず》姫が、後水尾天皇の中宮として入内《じゅだい》するにあたり、幕府から圧力を受け、与津子と沢子が宮中から追放されたからだ。

悪いことに、沢子は宮中から出されたあとに、腹に子を宿していることに気付いた。

これは、沢子にとっては嬉しいことに違いないのだが、決して、徳川の者に知られてはならなかった。

生まれた子が男であれば、与津子が産んだ第一皇子《みこ》の賀茂宮《かものみや》に続く第二皇子となるが、同じ嵯峨の地に追放された与津子は、我が子と引き離され、落飾《らくしょく》して隠棲している。

徳川の仕打ちを恐れた沢子は、辺鄙《へんぴ》な嵯峨の地の山奥に逃れて暮らし、密《ひそ》かに子を産んだ。それが、嵯峨である。

沢子は、生まれた娘に嵯峨の地の名をつけた理由を、誰にも語ることはなかった。乳母《うば》が言うには、おそらく、宮中を追い出された恨みを忘れぬためにつけたのであろうということだ。

徳川の目を恐れながら、世捨て人のごとく貧しい暮らしを強《し》いられた沢子は、権力のために自分を没落させた徳川を恨みながら生き、嵯峨が十四の時に病没した。

残された嵯峨は、乳母と共に高条家に引き取られ、祖父公道の娘として育てられたのだが、他家に嫁ぐ縁談もないうちに公道が没した。

すると、幕府の目を恐れた伯父《おじ》の態度が一変し、嵯峨は屋敷から出され、母と暮らした嵯峨の地の隠宅に押し込められた。それが、十六歳の時である。

乳母と共に長年にわたり極貧の暮らしを強いられた嵯峨は、己の不遇を呪い、徳川を恨みながら生きていた。

自分の身体に流れる血のせいで、女の幸せを望むことも許されず、気が付けば三十歳を超えていた。

そんな、暗黒ともいえる嵯峨の生涯の中で、唯一の光明が差したのは、嵯峨が三十五歳になった時だった。

年老いた乳母が病に倒れ、その看病で疲れ果てていた嵯峨が、僅《わず》かな銭をにぎって薬を求めに町へ出かけた際、急な腹痛に襲われて、渡月橋の袂《たもと》でうずくまっていた。

そこへ、勝幸が通りかかったのだ。

参勤交代の途中で京屋敷に立ち寄っていた勝幸は、江戸に発つ前日に、嵐山《あらしやま》の桜を見に来ていたのだ。

嵯峨を助けた勝幸は、その美しさに魅了され、

「わしの屋敷へ来るがよい」

京屋敷へ招こうとしたのだが、

「わらわと関わるは、命取りにございます」

嵯峨はそう言って断った。

それでも勝幸は、嵯峨に手を差し伸べた。

嵯峨の隠宅へ迎えの駕籠をよこし、京屋敷で養生をさせてくれたおかげで乳母の病も治癒《ちゆ》したのであるが、勝幸は、その乳母から嵯峨の素性《すじよう》を聞かされたのである。帝《みかど》の血を引く女と知っても、勝幸は嵯峨を遠ざけなかった。嵯峨の不遇を己のことのように悲しみ、幸せにしたいと思うようになったのだ。

勝幸の心情を察した乳母は、己の役目を終えたとばかりに、半年後にこの世を去った。沢子に仕え、嵯峨を育てた乳母の、苦難に満ちた六十年の生涯である。

勝幸は、母のように慕っていた乳母の死を悲しむ嵯峨を国許に連れて行こうとしたのだが、嵯峨は京を離れることを拒んだ。

それゆえ、侍女と下働きの者を付けて、隠宅を建て替えたのだ。

以来勝幸は、参勤交代のたびに京屋敷に立ち寄り、国許にいる時は、お忍びで嵯峨のもとへ通った。

こころから慕う嵯峨の身辺に怪しい輩が現れたのは、今より一年前のことだった。

それが、藤原伊竹である。

勝幸は、乳母の縁者だという藤原から、嵯峨が胸のうちに秘めていることを聞かされた。

嵯峨は、沢子と自分を宮中から遠ざけた徳川の者を、京から追い出すことを望んでいたのだ。

驚く勝幸に、藤原は、嵯峨のために力を貸すよう求めた。

徳川の顔色をうかがいながら生涯を終えるのはいやではないかと言い、我らに味方すれば、天下を手にすることも夢ではないと、誘ったのだ。

僅か十五万石の外様大名が徳川に抗《あらが》ったところで、ひねり潰《つぶ》されるだけだ。

勝幸はそう言って断ったが、藤原はあきらめなかった。京を徳川から奪えば、道は開けるというのだ。

京に浪人を集めて様々な事件を起こさせておき、禁裏の警固を名目に下杉藩が軍勢を率いて上洛し門の守りを固めれば、徳川も迂闊《うかつ》に動けまいという。

「禁裏を囲み、宮中を掌握《しょうあく》すると申すか」

勝幸は驚愕したが、藤原は、朝廷を徳川の手から取り戻すためだと豪語した。

将軍秀忠の娘和姫が宮中に入ると同時に、徳川が配した禁裏付によって厳しい監視下におかれた今の朝廷は、権力を奪われていると言っても過言ではない。帝に仕える公家も、外様大名と同じように、徳川の顔色ばかりをうかがっている。それを、本来あるべき姿に戻すというのだ。

徳川幕府の威光を貶《おとし》め、帝から討幕《とうばく》の詔《みことのり》を頂戴するというのが、藤原の計画だ。錦《にしき》の御旗《みはた》を揚げることができれば、徳川に不満を持っている大名が味方し、徳川が天下を取って以来苦難に喘《あえ》いでいる公家も息を吹き返す。

朝廷の威光の下で、勝幸が天下に号令をするのだと藤原に言われたが、突拍子《とっぴょうし》もないことに、勝幸は戸惑った。

だが、これは嵯峨の願いでもあると言われ、勝幸のこころは動いた。

嵯峨を慕ってやまぬ勝幸は、己の身命を賭《と》して、嵯峨の願いを叶《かな》えてやるべく、陰謀に加担することを約束した。

その第一歩が、将軍の宴で御台所を襲わせる計画であった。

これは、皇族の伏見宮《ふしみのみや》家から輿《こし》入れした顕子《あきこ》女王《じょおう》を公の場で殺害し、徳川の威光を貶める目的でもあり、徳川に尻尾《しっぽ》を振る皇族や公家たちに対する警告でもあったが、失敗した。

次に、京都所司代を襲い、さらに禁裏付を襲わせたのは、この年、都に一番近い国許にいる勝幸が上洛する口実を作るためである。

こちらは藤原の思惑どおりにことが運び、下杉藩に上洛の命がくだった今、嵯峨のこころは、徳川への復讐《ふくしゅう》に燃え上がっている。

「藤原、次はいかがするのじゃ」

嵯峨が訊くと、藤原は落ち着いた声で答えた。

「京の浪人どもに、もっと騒ぎを起こさせまする。禁裏付の配下を何人か襲わせ、徳川の無能を世に知らしめてやりましょう」

「それは良い。宮中にいる徳川方の者どもが慌てる姿が、目に浮かぶ。勝幸殿が上洛してまいる日が、楽しみじゃ」

嵯峨は扇を広げて口を隠し、嬉しそうに笑った。

四

この夜、涌内《わくうち》という侍が一日の勤めを終えて、禁裏を辞して組屋敷への帰途についた。

涌内の組屋敷は、禁裏より南東にくだった所にある後水尾法皇が住む仙洞御所《せんとうごしょ》の東側にあるのだが、禁裏付が襲われた通りを歩む気になれず、わざわざ南に足を向けた。九条《くじょう》家と鷹司家の屋敷のあいだの道を通って堺町御門《さかいまちごもん》を出て、遠回りをしたのだ。

涌内は、同心として禁裏の門を守る役人でありながら、上役である禁裏付が襲われてからというもの、

「禁裏付様が敵《かな》わぬ相手に、わしが勝てるはずはない」

恐れおののいてしまっている。

先ほど禁裏の門外へ出る時も、供の者に抜かりなく周囲の様子を探らせ、

「よいか、よいな」

安全を確かめると、供の背中に隠れるようにして夜道へ歩みだすほど、用心している。

さらに、堺町御門を出てからは、跡をつける怪しい者がいないことを確かめ、袖袋から布を出して頬被《ほおかむ》りをした。

呆れる供の者に、

「わしのような下っ端を襲う者はおるまいが、念のためじゃ」

涌内は真剣に言うと、背中を丸めて家路を急いだ。

武家屋敷が並ぶ人気がない通りに差しかかった時、行く手に見える辻灯籠《つじどうろう》の明かり

の中に、二人の人影が現れた。

両側は武家屋敷の塀が続き、脇道はない。

涌内は、どうしようか迷ったが、相手がちょうちんを提げた町人と分かり、ほっと胸をなで下ろした。

「脅《おど》かしおって」

それでも、己の身可愛《かわい》さに供の者を先に立てて歩んだ。

背後に気配を感じたのは、その時だ。

恐ろしいほどの殺気に、涌内が足を止めた。と同時に、刀の柄《つか》に手を掛けて振り向いた刹那、曲者が襲ってきた。

曲者は、刀を横一文字に振るってきたが、涌内が抜刀しようとしていたことが命拾いとなり、刀と刀がかち合い、火花が散る。

「うわ！」

体当たりで突き飛ばされた涌内は、土塀で背中を強打し、地べたに倒れた。

「旦那様！」

供の者が小太刀を抜いて構えたが、二人の曲者に圧倒され、尻餅をつく。

騒ぎに気付いた町人たちは、悲鳴をあげた。

「人斬りだ！」

「人斬りが出た！」

大声で助けを求めたが、曲者が身構えると怖気付《おじけ》き、ちょうちんを投げ捨てて逃げていった。

涌内の目の前に立つ曲者が、顔の前に鋭い切っ先を向けてきた。

「待て、待ってくれ」

涌内が命乞いをしても、曲者は無言のまま刀を振り上げる。

涌内は恐怖のあまり、目をつむった。

曲者が目を見開き、刀を打ち下ろそうとしたその時、腕に小柄《こづか》が突き刺さった。

「むっ」

激痛に声をあげ、小柄が飛んできたほうを見るや、大男に目を見張った。

慌てて刀を振るったが、大男の太刀に弾き飛ばされる。

曲者は、痺《しび》れる右手を左手で持ち、後ずさった。

「引け」

仲間に命じられて、曲者は己の刀を捨てて逃げ去った。

「大事ないか」

声をかけたのは、信平だ。

信平を初めて見る涌内は、狩衣を着て、烏帽子《えぼし》を着けた者は見慣れているはずなのだが、その立ち姿に見とれてしまった。

曲者を追った佐吉と五味が戻り、逃げられたと言うと、信平はうなずき、涌内に手を差し伸べた。

ここでようやく我に返った涌内は、慌てて立ち上がり、礼を述べた。

「拙者《せつしゃ》、禁裏付同心の涌内と申します」

「怪我がのうて、なによりじゃ」

信平はそう言うと、襲った者に心当たりがあるかと訊いた。

涌内は、悔しそうな顔で首を横に振る。

「禁裏付様を襲った者に違いないと思いますが、何者かは、見当もつきません」

「さようか」

信平は、鋭い目をした。涌内を襲ったのは浪人風の者だが、操っているのは、藤原伊竹に違いないと思っている。

「藤原伊竹という名を、聞いたことがあるか」

藤原伊竹、と繰り返した涌内は、覚えがないと言い、首を横に振った。そして、信平に顔を向ける。

「失礼ですが、あなた様のお名前をお教えください」

「鷹司松平信平じゃ」

信平が言うなり、涌内は驚愕して離れると、供の者と地べたに平伏した。

「禁裏付の配下であるそなたを狙《ねろ》うた者が、また現れるかもしれぬ。家まで送ろう」

「い、いえ。とんでもないことでございます」

「遠慮をいたすな。さ、案内いたせ」

信平は促すと、涌内を家まで送った。

「薄汚いところでございますが、お上がりください」

涌内の申し出を断り、信平は、佐吉と共に夜の町へ戻った。

立ち去る信平を見送る涌内に、供の者が訊く。

「堂々とされて、立ち姿にまったく隙《すき》がございませぬな。松平様とおっしゃいましたが、旦那様はご存じですか」

「当然だ。あのお方は鷹司家のご出身だが、今は将軍家にご縁のあるお旗本だ。江戸では、たいそうご活躍だと聞く」

「ははあ、さようでございますか」

「見たか、わしを襲った曲者はかなりの遣い手であったが、信平様のご家来が、いとも容易《たやす》く退けられた」

「はい」

「信平様が来られたからには、京に平穏が戻るに違いない」

「それでは、こそこそ夜道を歩くこともなくなりますね」

供の者に言われて、涌内は嬉しげにうなずき、夜道を去る信平に手を合わせた。


信平が京に入ったのは、今朝のことである。

江戸を発って、実に三十日という日が過ぎていた。

前回、姉の本理院《ほんりいん》の名代《みょうだい》として父信房《のぶふさ》を見舞いに上洛した時が十五日の旅路であったのにくらべると、倍の日数がかかった。

大井川の川止めが長かったのもあるが、大人数での移動も、日数がかかった原因だ。

「ともあれ、無事に到着できてようございましたな」

三条《さんじょう》の橋を渡りながら善衛門が言ったものだが、堺町御門前の屋敷に入るなり、信平は腰を落ち着けることなく、佐吉と五味を連れて町へ出た。

「ずいぶん荒れていますね」

これが、初めて京を訪れた五味の感想であった。

信平も、三条の橋を渡った時から、町の様子が違っていることに気付いていた。ゆえに、休む間もなく町へ出たのだ。

町には浪人が増え、民が肩を細くして歩いている。

浪人どもは我が物顔で歩き、若い娘を見ればちょっかいを出し、商人の男を見れば難癖を付けて脅している姿が、あちこちで見受けられた。

京に入る前に狩衣を着ていた信平も、浪人どもから白い目を向けられたが、共にいる佐吉の威圧に目をそらし、近づいてはこなかった。

京には大名家の屋敷もあるのだが、町中で藩士たちの姿をほとんど見ない。

「所司代様が襲われてからというもの、お武家様が外を出歩かなくなったそうです」

こう教えたのは、信平の屋敷に来た鈴蔵だ。

京の町中を調べた鈴蔵がいうには、諸藩の藩士たちは、厄介《やっかい》ごとに巻き込まれるのを嫌う藩からの命で、外出を控えているという。

「これを、お渡しします」

鈴蔵が、下座に控えている佐吉に差し出したのは、帳面だった。

「これはなんじゃ」

佐吉が訊くと、口入れ屋の西成屋から仕入れた情報だと教えた。

信平は佐吉から受け取り、帳面に目を通した。

覗き込んだ五味が感心するほど、町で起きた事件のことが詳細に書かれていた。

さらに鈴蔵は、所司代の配下である与力や同心は、命を狙われるのを恐れて、夜は組屋敷から出ないと言い、五味を呆れさせた。

「おれが役所に行って、気合を入れてやりますよ」

五味はそう意気込んだが、信平が止めた。

「所司代殿の見舞いをするまで、共におれ」

そう言って、町に連れて出ていたのだ。

信平が夜遅く屋敷に戻ると、お初と国代が夜食を作って待っていた。

「たいしたものがございませぬ。申しわけございません」

国代が言うので、信平は十分だと言い、出された煮物を食べた。

味噌汁《みそしる》を飲んだ五味が、目を見張る。

「これは、お初殿が作られたのか」

「はい」

「初めて食べる味ですな。色が白いのはどうして？」

「京は白味噌ですから」

お初が淡々と答えると、五味がもう一口飲み、

「旨《うま》い！」

大声で言った。

「こりゃ、黙って食わぬか」

善衛門を無視して、五味が言う。

「いやぁお初殿、これはこれで絶品です。豆腐《とうふ》などは、口に入れた途端に溶けましたぞ」

「それも、京の味です」

お初は、こともなげに言っているが、顔は、どこかほころんでいる。

「鈴蔵はどうした」

信平が訊くと、善衛門が答えた。

「愛馬黒丸と共に、馬屋で寝ておりますぞ」

「さようか」

「あの者のことは、いかがなさるおつもりか」

「佐吉に預けようと思う」

湯漬《ゆづけ》をかき込んでいた佐吉が驚いた。

「それがしにでござるか」

信平がうなずくと、善衛門が賛同した。

「まあ、佐吉もそろそろ、下の者がおってもよろしゅうござりますな。あの者、なかなかの情報通のようでございますので、役に立とうかと」

「では佐吉、明日から面倒をみてやれ」

信平に応じた佐吉が居住まいを正して、

「承知」

声を弾ませて頭を下げた。

善衛門が言う。

「殿、京屋敷をご覧になって、いかがでござる。少々狭《せも》うござるが、なかなか、風情《ふぜい》があると思いますぞ」

「うむ。禁裏にも近く、良い場所であるな」

信平は、篝火《かがりび》に照らされた中庭に顔を向けた。

京屋敷は、敷地こそ赤坂の屋敷より小さいが、母屋《おもや》は、およそ三十坪ほどの中庭を囲むように建てられており、部屋数も十五ある。通りに面した塀は長屋塀《ながやべい》になっていて、佐吉夫婦が暮らすにも、十分な広さがあった。

善衛門が言う。

「我らだけでは、やはり広すぎますな。早々に、家来を見つけなければなりませぬぞ」

「うむ」

信平は食事をすませ、寝酒を飲む善衛門たちを置いて食事の間から出ると、湯を浴びて疲れを癒《いや》した。

中庭に涼みに出た信平は、京の夜空を見上げた。

江戸と変わらぬ星空があるが、屋敷の屋根が邪魔をして狭い。

松は、もう休んでおろうな。

そう思いながら星を見ていると、背後にお初が座った。

「江戸から書状が届いております」

「豊後守様からか」

「いえ、上様からです」

信平は応じて廊下に座った。

お初から書状を受け取り、手燭《てしょく》の明かりを頼りに目を通した。

書かれていたのは、将軍家綱からの下知《げじ》である。

書状を読み終えた信平は、そばに控えるお初に言う。

「大井川で助けた侍を覚えているか」

「所司代の使いでございますね」

「うむ」

「それが、何か」

「麿にとっては、厄介な書状を持っていたようだ」

信平はそう言うと、将軍からの書状をお初に渡した。

目を通したお初が、驚いた顔を上げた。

「明日、所司代殿を見舞う。麿はもう休むゆえ、善衛門にはそなたが伝えてくれ」

「かしこまりました」

お初が下がると、信平は寝所に入った。整えられた寝床に仰向けになり、これから起きようとしていることを考えた。

お初の知らせを受けた善衛門の驚く声が聞こえてきたが、お初が止めたらしく、寝所に来る様子はなかった。

ここで騒いでも、将軍の命令を拒むことは許されぬ。

「すべては、明日のことじゃ」

信平はそう言うと、寝返りをして眠りについた。

その頃、嵯峨のもとへは、勝幸からの早馬が来ていた。

夜中に起こされて急報を受けた嵯峨は、恐ろしい形相《ぎょうそう》で勝幸直筆の書状を破り捨てた。

そばにいた藤原が、何ごとかと訊く。

すると、嵯峨は大《おお》垂髪を振り乱し、藤原に向く。

「殿の上洛が、取りやめとなった」

「なんと」

驚いた藤原が、尻を浮かせて片膝を立てた。

「何ゆえでございますか」

「信平じゃ。あの者が京入りしたせいだと書かれている」

「信平が来たからと申して、何ゆえ上洛を止められるのです」

「将軍が、信平に所司代の名代を命じたそうじゃ」

藤原は目を見張り、悔しそうな顔をした。

将軍の御台所殺害を阻止され、芝口橋で刀を交えた信平の姿が頭に浮かび、藤原の顔に怒気が浮かぶ。

嵯峨が物に当たり、投げた鏡が床に転がった。

「おのれ、信平め」

口汚く吐き捨てた嵯峨が、藤原に鋭い目を向けた。

「信平を殺せ」

「はは」

応じた藤原は、愛刀の和泉守正親《いずみのかみまさちか》をにぎると、嵯峨の部屋から出た。廊下のそばでうずくまる黒い影の前で立ち止まり、じろりと見下ろす。

「松平信平を討つ。者どもに伝えよ」

藤原の命を受けた影の者は、やおら立ち上がると、音もなく駆け去った。

五

「いやはや、殿、京は朝から暑いですな」

善衛門は扇子を広げて扇ぎながら、息を荒くして道を歩んでいる。

堺町御門前の京屋敷を出た信平は、京の地理に不慣れな善衛門と五味を連れて、京都所司代、牧野佐渡守《さどのかみ》親成の屋敷に向かっていた。

佐吉は、鈴蔵と共に京の探索に当たっている。これも、信平が家綱から命じられた役目のためであり、藤原伊竹の行方《ゆくえ》を捜させたのだ。

堀川《ほりかわ》を渡り、二条城《にじょうじょう》の北側にある所司代の屋敷を訪れると、信平だけが客間に通された。

程なく、家来の肩を借りて現れた牧野は、肩の傷の治りが悪いらしく、浴衣《ゆかた》の肩を外した身体に巻かれた晒《さらし》には血がにじんでいる。

「見苦しい形《なり》を見せて、恥ずかしい限りにござる」

牧野はそう言い、痛みに堪えながら信平の前に座った。

信平が頭を下げると、牧野が笑みを浮かべた。

「信平殿、お久しゅうござる」

「はい」

信平は頭を上げ、牧野の様子をうかがった。

「毒矢に、やられましたか」

「うむ。一時は命の危機にあったが、医者のおかげで助かった。なんの毒か分からぬが、傷が膿《う》んだせいでこのざまじゃ」

牧野は、それでも日に日にようなっている、と笑みを見せ、腰を折って信平に顔を近づけた。

「して、京にはいつまいられた」

「昨日到着しました」

「では、江戸からの知らせを受け取られておるな」

「はい。今日は見舞いを兼ねて、そのことでまいりました」

牧野が探るような目をした。

「まさか、断りはすまいな」

「上様のご命令とあれば、断れませせぬ」

牧野は安堵の息を吐き、頭を下げた。

「よろしくお頼み申す」

牧野は、信平に自分の名代をさせるよう、公儀に願い出ていた。

信平が大井川で助けた上月は、京の治安を信平にまかせたいと願う、牧野の書状を持っていたのだ。

将軍家綱は、所司代の名代という重職に信平を任じるのを迷い、一旦は下杉藩に上洛を命じたのだが、その後に考えを改め、牧野の申し出を受け入れた。

外様大名よりも、御台所殺害の陰謀を阻止した信平に、京を託したのだ。

頭を上げた牧野が告げる。

「所司代配下の与力三十騎と同心百名を、信平殿にお預けいたす」

ふたたび頭を下げられた信平は、丁重に断った。

「名代のことはお受けいたします。されど、あくまで所司代殿をお助けするのみ。ご配下の方々には、ご自身が下知なされませ」

「信平殿……」

信平は、己の不覚を恥じ、辞職を考える牧野の心中を見抜いていた。それゆえ、与力と同心を配下に付けることを断ったのだ。

「都の治安を乱す輩のことは、所司代殿にお願い申し上げます」

「それで、信平殿は何をなさるつもりか」

「悪の根源を捜し出し、討ち果たします」

牧野は、信平の目を見てきた。

「心当たりがおありか」

「今のところは、まだ何も」

「さようか」

牧野が、家来に下がるよう促し、

「呼ぶまで誰も近づけるな」

そう命じると、改めて信平に険しい顔を向けた。

二人きりの部屋にしばらく沈黙があったが、

「実はな」

こう切り出した牧野が、声を潜《ひそ》めて言う。

「京の治安が悪化したことで、朝廷の心証を悪くしている。そこへ、禁裏付が襲われるという失態が重なったことで、帝がご立腹された」

信平は応じる。

「敵は、徳川幕府に深い憎しみを持った者です」

信平は、芝口橋で藤原伊竹が言ったことを牧野に教えた。

「家康《いえやす》公が豊臣《とよとみ》を滅ぼしたことで、親豊臣派の公家が朝廷から追い出されて苦難を強いられていることと、秀忠公の姫君を帝に嫁がせたことで不遇になり、長年苦しんでいる者がいると申しておりました」

「うぅむ」

牧野はうつむいて、考える面持ちになった。

信平が問う。

「東福門院《とうふくもんいん》様が入られたことで、宮中を追われたお方をご存じですか」

四十年前のことを信平が知る由《よし》もなく、藤原の言葉を疑問に思ったままに訊くと、牧野が渋い顔を上げた。

「わしも今それを考えておった。二人おられる」

「その方々を、ご存じなのですか」

「一人は知っている。四辻与津子様だ。二十年以上前にこの世を去られているが、信平殿は、与津子様の名を聞いたことはないか」

「いえ」

「さようか」

「そのお方に、子はおりませぬか」

信平の問いに、牧野は戸惑った顔をした。

「与津子様は、信平殿のご実家と関わりがあるお方だ」

「鷹司家と？」

「さよう。与津子様は後水尾法皇様のお子をお二人お生みになられたが、一人は、夭《よう》逝《せい》あそばされた賀茂宮様。もう一人は、梅宮《うめのみや》様だ。梅宮様は、信平殿の甥、左大将教《のり》平《ひら》殿のご正室だったお方」

牧野が、だった、と言ったのは、寛永《かんえい》八年（一六三一年）に嫁いだものの、僅か三年で離縁したからだ。

今は出家の身であり、大和国《やまとのくに》へ隠棲し、東福門院の庇護《ひご》を受けているという。

「我が実家のことながら、存じませんでした」

「うむ」

牧野は、信平の境遇を知るだけに、仕方がないことだと言った。

信平が問う。

「では、四辻与津子様と共に宮中を出されたもう一人のお方は、誰なのです」

「わしは知らぬ。与津子様の他にも一人おられたというのは、あくまでも噂じゃ。徳川方にも、記録は残っておらぬ」

「朝廷が隠されたのですか」

「いや。記録を消せるのは、一人しかおられぬ」

「法皇様……」

牧野はうなずいた。

信平が問う。

「せめて、名だけでも分かりませぬか」

「当時はまだ禁裏付の役がなかったゆえ、宮中のことははっきりとしたことが分からぬ。東福門院様とて、宮中に入られる前のことゆえ、ご存じなかろう」

「では、甥の教平殿に尋ねてみましょう」

「信平殿は、この一件に、宮中を出されたもう一人の者が絡んでいると見ておるのか」

「決めつけてはおりませぬが、調べる必要はあると思います」

「さようか」

牧野は、難しい顔で告げる。

「信平殿は、今は徳川の家臣。教平様が、隠さず話してくださるとよいが」

六

所司代の屋敷を辞した信平は、その足で鷹司家に向かった。

善衛門と五味は、五摂家の屋敷というよりは、信平の実家を訪れたことに感動し、出迎えた家来に対しても、丁寧《ていねい》に頭を下げ、緊張した様子だ。

その善衛門たちと控えの間で別れた信平は、奥へ案内された。

庭にいた甥の教平は、朱塗りの反橋《そりはし》の上に立ち、池の鯉を眺めていたのだが、信平が行くと、喜んで迎えてくれた。

「ようまいられた」

二十七歳も年下の信平を叔父《おじ》と呼ぶことはなく、

「京へいつ戻った。江戸での活躍は、耳に入っておるぞ」

などと、江戸から息子が帰ったような歓迎ぶりである。

信平は神妙な態度で告げる。

「本日は、お尋ねしたいことがあり、所司代の名代として上がりました」

「所司代の名代？」

「はい」

「そのような重職を担うとは、鷹司家の当主として鼻が高い。部屋でじっくり話そう」

客間に誘われた信平は、教平と膝を突き合わせるなり、宮中から追い出された、もう一人の女のことを訊いた。

すると教平は、表情を曇らせた。

「わたしは、何も知らぬ。そのような昔のことを、何ゆえ知りたいのじゃ」

「御台所様殺害未遂と、このたびの所司代及び禁裏付襲撃に関わりがあると思われる藤原伊竹と名乗る男が、宮中から追い出された女の関わりをほのめかしたのです」

「馬鹿な」

教平の動揺を信平は見逃さない。

「やはり、ご存じなのですね」

信平に追及されて、教平は観念したように押し黙った。そして、鷹司家の当主である教平から聞いたことは伏せる約束で、ようやく重い口を開いた。

「名は、沢子様じゃ。与津子様と並び、宮中の華と言われた美しいお方だった。こう言えば親しいと思うやもしれぬが、わたしが見たのは、十《とお》の時に、父上に連れられて桂川の舟遊びに出かけた折に一度だけじゃ。鮮やかな青色の着物を召されて舟に乗っておられたお姿が、今でも昨日のように思い出せる」

遠くを見る目をして言う教平は、もの悲しげに目を伏せた。

「わたしが、梅宮殿と夫婦であったことも、知っておるのか」

「はい」

「与津子様に似て、美しいお方だ。離縁してから一度もお目にかかっておらぬが、変わらぬ美しさであろう」

教平は、一点を見つめた。深い思考の中に入り込んだようだが、信平は、教平の悲しげな表情を見て、梅宮との離縁が、教平にとっては辛いものであったのだと察した。

教平は、心中を悟られまいと表情を明るくして、信平に言う。

「それよりも沢子様のことじゃが、宮中を出られてからは、どこでどうされたのか、まったく分からぬ」

「後水尾法皇様も、ご存じではないのでしょうか」

「法皇様こそ、禁裏付の目が厳しかったのでどうしようもなかったはずじゃ。それこそ、朝廷よりも、幕府のほうが知っているのではないか」

信平は、かぶりを振った。

「所司代殿は、分からぬと申されました」

「では、双方とも、沢子様のことを知っていなかったのだな」

「存在も噂にすぎぬと、所司代殿は申されました」

「さようであったか」

「沢子様のご実家は、どちらですか」

「高条家じゃ」

「高条家」

「行っても無駄じゃぞ。今は、絶えておる」

数年前に、当主道房《みちふさ》が不慮の事故で落命したのだが、子もおらず、家も没落寸前だったこともあり、断絶となったらしい。

事故死と聞き、信平は、沢子に繋がる糸を断ち切られたような気がした。

ただの事故死ではないのかもしれぬと、信平が思っていると、その心中を見抜いたように、教平が険しい顔をした。

「信平殿に、ひとつ言うておかねばならぬことがある」

「はい」

教平が、扇を広げて顔の横に立てると、声を潜めた。

「禁裏付が襲われた夜、宮中で騒動があった」

「まさか、曲者が宮中に侵入したのですか」

「さすがに察しが良い。実はそうなのだ。禁裏付が襲われた騒動の最中に、曲者が宮中に忍び込み、ご就寝中の帝の枕元に立ったのだ」

信平は目を見張った。

「それで、帝はご無事なのですか」

「うむ」

このことは、禁裏の警固を司る徳川幕府にとって一大事である。世に知れ渡れば、幕府の面目は丸潰れだ。

動揺する信平に顔を近づけた教平が、さらに声を潜める。

「帝は、世が乱れるのをご案じめされ、何もなかったことにせよと、口止めをされておる。じゃが、これは徳川の大失態。帝のご心中は、決して穏やかなものではないはず。所司代の名代としてまいったそなたに言うておく。この先、禁裏を曲者の土足で汚すようなことは、決してあってはならぬ。世が乱れる元ぞ」

「はは。肝《きも》に銘じます」

「うむ」

満足した様子でうなずいた教平は、

「そういえば」

と、言い、書棚の手箱から一通の文を出してくると、信平に差し出した。

忘れもせぬ字に、信平が顔を上げた。

「これは、道謙《どうけん》様の」

「さよう。そなたが訪ねてくることがあれば、渡してくれと頼まれていた」

二年も前に託されたと聞き、信平は、道謙の呑気《のんき》さに愕然《がくぜん》として、その場で文に目を通した。

文には、こうある。


これをそちが見た時が、わしと再会する運命。

生あれば、縁がある運命。

生なければ、空から見ておろう。

道謙

道謙らしいと、信平は目を細めた。

死を覚悟する言葉で終えているのは、

「わしがこの世を去るのは、天狗《てんぐ》になる時ぞ」

と、幼い信平に言い聞かせ、

「空から見ておる」

とも、言ってくれていたからに違いなかった。

文の裏に、下鴨村照円寺《しもがもむらしょうえんじ》と書かれていたので、信平は、訪ねてみることにした。

鷹司邸を辞した信平は、善衛門と五味に、師匠に会いに行くと言った。

「では、それがしもお供を」

善衛門が言ったのだが、道謙が人嫌いなのだと信平が言うと、

「それは残念。鳳凰《ほうおう》の舞《まい》を殿に授けた御仁がどのようなお方か、一度お会いしてみたいと思うておりましたのに」

善衛門は肩を落とした。

それを横目に、五味が言う。

「それがしもお会いしたい。信平殿、連れて行ってくださいよ」

「いきなりは無理じゃ。次は会《お》うていただくよう言うておくゆえ、今日は一人でまい

らせてくれ」

「いや、やはり一人で行かれてはなりませぬ。物騒ですからな」

善衛門が言うと、

「では、それがしがお供しよう」

五味が前に出たので、善衛門が口をむにむにとやった。

「道謙様にはお会いしませぬので、それがしもお供を」

五味と競うように前に出た善衛門に、信平は応じた。

「分かった。では、皆でまいろう」

信平は、喜ぶ二人を連れて公家屋敷が並ぶ道を東へ向かい、寺町《てらまち》御門を出た。

仙洞御所の土塀を左に見ながら北の方角へ歩み、辻を右に曲がって禁裏付の屋敷前を通ると、荒神橋《こうじんばし》を歩んで鴨川《かもがわ》を渡り、会津藩《あいづはん》松平家の屋敷前から川上へ向かった。

会津藩邸のあるじは、将軍家綱の叔父、保科肥後守正之《ほしなひごのかみまさゆき》である。

兄の家光から、徳川宗家を頼むと言われている正之が嵯峨と下杉藩の陰謀を知れば、藩の財をなげうってでも軍勢をかき集めて上洛するであろうが、今は、藩邸に出入りする者もおらず、門は固く閉ざされたまま静まり返っている。

信平たちは、会津藩邸の前を通り、九条家下屋敷《しもやしき》の門前を過ぎると、小川に架かる橋を渡ろうとしていた。

この先で川は二つに分かれており、左が賀茂川《かもがわ》、右が高野川《たかのがわ》だ。

道謙が文に記していた照円寺は、高野川を少しのぼった場所にある。

信平が高野川に架かる名もなき橋を渡ろうとした時、後ろから駆けてくる馬の蹄《ひづめ》の音がした。

信平たち三人が、ほぼ同時に振り向いて見ると、馬には誰も乗っていなかった。

「殿、暴れ馬ですぞ」

善衛門が信平をかばい、川原へ下りるよう促した時、馬の背に、黒装束《くろしょうぞく》の曲者が現れた。

と、思うや、黒装束の曲者は馬上で弓を番《つが》えて引き放った。

信平は咄嗟《とっさ》に善衛門を突き飛ばし、風を切って迫る矢を隠し刀で切り飛ばした。

敵は立て続けに二本目を放ち、信平を狙ってきたが、それも切り飛ばした信平は、身体を横に転じて小柄を投げた。

小柄は、三本目を放とうとしていた敵の腕に刺さり、矢は、あらぬ方向へ飛んだ。

敵は小柄を抜くことなく、馬を転じて駆け去っていく。

五味の手を借りて道に這い上がった善衛門が、信平の前に出た。

「おのれ、こしゃくな！」

そう言って悔しがり、拳を震わせている。

五味が信平に向く。

「今の奴は、信平殿が所司代名代になったのを知って襲ってきたのでしょうか」

「おそらくそうであろう。顔は隠しておっても、姿に見覚えがある」

「藤原伊竹の一味の者ですか」

「うむ」

「くそ。馬があれば、追って捕まえたものを」

「追わずとも、またあちらから来る」

呑気に言う信平だが、五味も善衛門も、驚きはしない。

五味は、次は捕まえてやると言いながら、跡をつける怪しい者がいないかどうか、あたりを警戒している。

「誰もおりませぬな」

安堵した善衛門の横で、五味が矢を拾った。

鏃を見て、

「危なかったですよ」

渡された矢の先には、茶色い毒のようなものが塗られていた。

「所司代殿は、この矢にやられたのだな」

信平はそう言って、善衛門に渡すと、橋を渡った。

文に記されていた照円寺を訪ねた信平は、寺の者から道謙の住処《すみか》を知ることができた。

存命と聞き、安堵した信平は、善衛門と五味に、

「ここで、待たせてもらうがよい」

そう言うと、一人で照円寺を出た。

道謙は、寺のすぐ裏にある農家を借りて、女房にすると言っていたおとみと暮らしているという。

家を訪ねてみると、道謙は、孫ほども年が離れたおとみと二人で、仲よく畑を耕《たがや》していた。

家に近づく信平に気付いたおとみが道謙に教えると、鍬《くわ》を振るう手を休めて顔を上げた。

日に焼けた顔は、以前よりも引き締まっていて、歳《とし》を忘れさせる。

「おお、信平、そろそろ来ると思うておったところじゃ」

道謙はそう言うと、おとみの尻を指でつついて、もう、と言って振り向いたおとみに、にんまりとした。

「弟子に、酒を飲ませてやってくれ」

「あい」

小走りで帰るおとみの背中を見送りながら、道謙は声音を低くした。

「お前が上洛したのは、禁裏付が自害したことと関わりがあるのか」

信平は、道謙の横顔を見た。

「どうやら、図星のようじゃな」

ため息をついて顔を向けた道謙の表情は、険しかった。

「何か、ご存じなのですか」

信平が訊くと、道謙は鍬を担いだ。

「ま、酒を飲みながら話そう。今宵は泊まって行け」

「寺に、供を待たせております」

「あとで、おとみに迎えに行かせる。その前に、お前に大事な話がある」

「はい」

信平は、なんのことか気にしながら、先に帰る道謙のあとに続いた。

案内された家は、手入れが行き届いており、

「ちと、広すぎる」

道謙が言うほど、広々としていた。

畑が見渡せる表の部屋に通された信平は、おとみが出してくれた京野菜の漬物を肴《さかな》に、道謙と酒を酌《く》み交わした。

道謙はまず、信平が京に来ることになった経緯《いきさつ》を訊き、黙って聞いていたのだが、この家を訪ねるまでの話を聞き終えると、静かに盃を置き、目を閉じて長い息を吐いた。

「なるほど、お前は、宮中を出された女人《もの》が、此度の件に絡んでいると見ておるのじゃな」

「はい。そのことを教平殿に尋ねてみたのですが、沢子という名しか分かりませんでした」

「その者なら、知っておる」

道謙が発した言葉に、信平は瞠目《どうもく》した。

「ご存じなのですか」

「うむ。じゃが、絡んではおらぬ。すでにこの世におらぬからな」

病没したと教えられ、信平は安堵した。

後水尾法皇が寵愛した人物が復讐の鬼と化しているのは、悲しいことだと思っていたからである。

だが、次に道謙が発した言葉に、信平は絶句した。

「今、なんとおっしゃいました」

「沢子殿には、後水尾法皇とのあいだに授かった子がおると申したのじゃ。生きておれば、四十を超えておろう」

「お会いになったことは」

「ある。一度だけ、沢子殿の墓前でな」

「それは、いつのことですか」

「さて、もう二十年にはなろうか。母親に似て美しい娘であったが、発する言葉には、世を恨む棘《とげ》があった」

道謙が言う娘とは、嵯峨のことであるが、その時嵯峨は、道謙に見られていることも知らずに、母親の墓の前でうずくまり、泣いていたと言う。そして、呻《うめ》くような声で、必ず宮中に入り、後水尾法皇の娘として華々しく生き、母の無念を晴らしたいと言っていたのだ。

話を聞いた信平は、道謙に、藤原伊竹と剣を交えたことを教えた。

「藤原は、師匠を知っているようでした」

「さようか」

「何者ですか」

「さて、誰だったかの」

「そのご様子では、ご存じなのですね」

「ま、お前の意のままに動いてみよ。さすれば、いずれ分かることじゃ」

道謙は、疲れたと言って横になると、信平に背を向けて眠った。

こうなれば、話しかけても相手にされぬ。

後水尾法皇の血を引く者がいることが分かっただけでも、道謙に感謝しなければならまい。

そう思った信平は、背を向ける道謙に頭を下げると、部屋を辞した。

「あれ、もうお帰りですか」

と言うおとみの声に目を開けた道謙は、苦渋に満ちた顔をしている。この時道謙が何を思うていたかは、たった一人の弟子である信平といえども、知る由もないことであった。

七

赤坂の屋敷では、ちょっとした騒動が起きていた。

月見台に出て夕涼みをしていた松姫が、星空を見上げた拍子に、目まいを起こして倒れたのだ。

そばにいた糸が支えて大事には至らなかったが、危うく池に落ちるところであった。

すぐに医者を呼ぼうとした糸であるが、

「騒ぐな。大事ない」

松姫は気丈に振る舞うと、自力で立ち上がり、寝所に入った。

この頃、松姫の食が細くなっていたことが、糸は気がかりで仕方がなかった。

一晩様子を見て、医者を呼ぶことにした糸は、夜が明けると共に松姫の寝所を訪れた。

「奥方様、お加減はいかがですか」

声をかけて部屋に入ると、麻色の蚊帳《かや》の中に眠っていた松姫が起き上がり、

「今朝は、気分が良い」

笑みを浮かべて、

「殿の夢を見たゆえであろうか」

弾む声で言うと、蚊帳から出た。

松姫の顔色を見て、糸は安堵した。昨夜は、蠟燭の明かりの中でも分かるほど顔色が良くなかったが、今朝は、いつもの顔色に戻っていたからだ。

「どのような夢でございますか」

「旦那様と二人で、深川《ふかがわ》のお店で草餅を食べる夢です」

「まあ」

糸は、懐かしいと言って目を細め、そうだ、と言って手をたたいた。

「折を見て、出かけてみますか」

「深川へゆくのですか」

「はい。気晴らしに、いかがでございますか」

「いいえ、やめておきます」

松姫はそう言うと、寂しげに目を伏せた。

深川に行っても信平がいないのだから、気が晴れるはずもない。

なんとか松姫を元気付けたい糸は、あれこれと考えをめぐらせてみたのだが、このところの日照り続きで、江戸は朝から、じっとしていても汗が出るほど暑い。

無理に出かけて、松姫が暑気に当たってもいけないと思いなおした糸は、せめて食事だけでもしてもらおうと、お初から教わっていた味噌汁をこしらえた。

これに瓜《うり》の酢の物を添えて出した。

松姫は、味噌汁が美味《おい》しいと言ったものの、半分残し、瓜の酢の物は手を付けなかった。

「奥方様、無理をしてでもお召し上がりくださらないと、お身体がもちませぬ」

「分かっています」

松姫は、素直に酢の物を食べ、味噌汁とご飯も、少しだけ口にした。

箸《はし》を止め、辛そうにため息をつく。

「いかがされました。気分がお悪いのですか」

糸が案じると、松姫はかぶりを振り、外に顔を向けた。そして、額に手を当てて、大きな息を吐いた。

「まるで、身体に熱があるように暑いですね。京も、このように暑いのでしょうか」

松姫が言うと、糸は自分の額に手を当てて、首をかしげた。

第四話　やぶれ笠《がさ》の鬼

一

下杉城の本丸御殿にいる井村丹後守勝幸は、嵯峨からの文を読み終えると、苛立《いらだ》ちを露《あら》わにした。

文を届けた藤原は、菊の間の下座に正座して目を閉じ、勝幸の決断を待っている。

勝幸は藤原を一瞥《いちべつ》し、そばに控える国家老の沖本を睨みつけた。

「嵯峨殿は、我らの上洛を待ち望んでおられる。何か良い手立てはないのか」

沖本は、困ったように目を泳がせた。

「上様から上洛を止められたのですから、動けませせぬ」

「そこをなんとかするのがそちの役目であろう」

「そう申されましても、これぱかりは。軍勢を率いて城を出れば、謀反《むほん》を疑われてしまいます」

「謀反か……」

舌打ちをした勝幸は、藤原に顔を向けた。藤原が目を開けて合わせてきたので、慌ててそらす。

藤原は、上洛を躊躇《ためら》う勝幸の顔をじっと見つめて、口を開いた。

「あい分かり申した。我らの手助けをする意志が勝幸様にはないと、嵯峨様にお伝えいたそう」

立ち上がる藤原に、勝幸は慌てた。

「待て」

「殿」

沖本が諫《いさ》めたが、勝幸は聞かなかった。

「我らの助けなしで、いかがするつもりじゃ」

藤原は真顔で応じる。

「さて、それは嵯峨様のお気持ち次第」

勝幸は嵯峨からの文を読み返した。

勝幸殿のことを想えば、身体が熱くなりまする。京の外れにて、今日か明日かと首を長くすれども、花菱《はなびし》の旗印はどこにも見えず、涙するばかり。

嵯峨は、勝幸殿の御上洛を待ち侘《わ》びておりまする。

嵯峨の想いに、勝幸の胸が切なくなる。

「愛《いと》しい嵯峨を、宮中に入れてやりたい」

元々天下に野心など抱いておらぬ勝幸であるが、御家存続のために、徳川の顔色をうかがいながら生きねばならぬ立場に嫌気が差しているのも確かなことだ。

天下泰平の世を作り上げた徳川の力は強大であるが、嵯峨のために、一度は徳川に弓を引く気になった勝幸である。

その勝幸の心中を見透かしたように、藤原が声をかけた。

「勝幸殿、禁裏を徳川の手から解き放てるのは、あなた様しかおられませぬ。嵯峨様のために、天下を狙いなされ」

「しかし、我らが軍勢を率いて城を出れば、徳川方が察知して京の守りを固める。容易く禁裏に近づけぬぞ」

するとと藤原が勝幸に歩み寄り、耳元でささやいた。

上洛の手筈《てはず》を聞き、勝幸は鋭い目つきとなった。

「そのようなこと、うまくいくとは思えぬ」

「ご案じなさりますな。こうしているあいだにも、所司代配下の者どもは、金に目がくらんだ浪人どもによって襲われております。京入りする者に目を配る余裕はござらぬ」

「しかし、名代の松平信平は手強《てごわ》かろう」

「ご安心を。信平は、それがしの手で必ず始末します」

「うむ」

沖本が口を挟んだ。

「藤原殿、上洛の方法とは、いかなる手でございますか」

「そちにはあとで話す」

勝幸に言われた沖本は、目を伏せて引き下がった。

勝幸が藤原に告げる。

「嵯峨殿にお伝えせよ。この勝幸が、必ず宮中にご案内申し上げる」

「はは」

頭を下げた藤原は、険しい顔をしている沖本にも軽く頭を下げ、御殿から辞した。

二

京は夕方から、突然の激しい雨に見舞われ、町を行き交っていた人々は悲鳴をあげて、雨がしのげる場所に駆け込んだ。

その雨の中を、一人の浪人者が歩んでいる。

編笠《あみがさ》を着けているのだが、かなり使い込んだ物で、役に立つのかどうか危ぶまれるほど破れている。

だが、家路を急ぐ浪人は雨宿りをする気がないらしく、三条橋に向かって瑞泉寺《ずいせんじ》の横を歩んでいた。

「そこの浪人、待てい！」

人気のない道で後ろから声をかけられ、浪人は立ち止まって振り向く。すると、陣《じん》笠《がさ》を着け、黒の胴具に羽織を着けた役人が、同心と小者を引き連れて駆け寄り、取り囲んだ。

「拙者に何か用か」

物々しい雰囲気の中、浪人は動じるそぶりもなく、落ち着きはらった声で訊く。

すると役人は、怒気を込めた目つきで十手《じって》を突き付け、大声をあげた。

「所司代与力、東十条実道《ひがしじゅうじょうさねみち》である。貴様、やぶれ笠の鬼と呼ばれた者に相違ないな」

「いかにも、拙者がやぶれ笠の鬼だ」

堂々と応じる浪人に、同心たちは一歩下がった。

配下の者たちが怯えるのを横目に、東十条はやぶれ笠の鬼を睨む。

「貴様が同心を斬ったのを見たという者がおる」

「身に覚えのないことだ」

「申し開きは役所で聞く。大人しく縛《ばく》につけ」

「断る」

「おのれ、逆らうか」

東十条が一歩前に出ると、やぶれ笠の鬼は左足を引き、刀に手を掛けた。鯉口《こいぐち》を切り、笠の下から鋭い目を向ける。

「油断しておると、皆殺しにされるぞ」

何を！　と言いかけた東十条が、背後の異様な気配に気付いて振り向いた。

雨に煙る道に、一人の男が立っている。単《ひとえ》の帯に一振りの大刀を落とし差しにした男は、雨に濡れて乱れた総髪を顔に垂らしている。

その前髪の奥では、かっと見開かれた目が怪しい光を放っていた。

「おのれ、謀《はか》ったか！」

東十条がやぶれ笠の鬼に言い、背後の曲者と双方に油断なく目を配る。

曲者が、やおら抜刀した。

稲妻《いなずま》に怪しく反射する刀身は、三尺以上はあろうか。

曲者は、その長刀の切っ先を下に向けるや、猛然と襲いかかった。

小者たちが寄棒《よりぼう》を構えたが、曲者の剣気に恐怖し、悲鳴をあげて尻餅をつく。

曲者は小者には目もくれず、東十条に向かってきた。

東十条は抜刀した。

その東十条の前に出た同心が、気合をかけて斬りかかるや、曲者は刃を一閃《いっせん》して腕を切り落とした。

「ぎゃあぁ！」

右腕を失った同心が、雨にぬかるむ道で転げ回った。

曲者は同心を跨ぎ、幽鬼《ゆうき》のように迫りくる。

「おのれ！」

同心と小者たちが曲者を囲み、じりじりと間合いを詰める。

曲者は長刀を肩に置き、腰を低くした。と、思うや、左手一本で刀を振るい、寄棒を構える小者の足を斬った。

それを隙と見て、同心が斬りかかったが、曲者は、身を転じてかわすと同時に、同心の腕を切断した。

とてつもなく強い。

東十条は、震える手で刀を構えた。正眼《せいがん》に構えているが、腰が完全に引けている。

それを見て舌打ちをしたのは、やぶれ笠の鬼だ。

「どけ！」

東十条の肩をつかんで横に押しどけて前に出たやぶれ笠の鬼が、鯉口を切ったままの柄に手を添えて、腰を低くした。

抜刀術《ばっとうじゅつ》の構えをすると、曲者は、脇構えに転じて前に出た。

「むん！」

抜刀して胴を払ったやぶれ笠の鬼の太刀筋は鋭く、曲者は受け流すのがやっとだった。

やぶれ笠の鬼は、受け流された刀を上段に転じて、拝み斬りに打ち下ろす。

跳びすさって、紙一重で刃をかわした曲者は、長刀の利を活かした間合いを取ると、ふたたび襲いかかった。

鋭い突きをかわしたやぶれ笠の鬼は、曲者の首を狙って刀を振るったが、長刀で受け流された。

曲者は刀を受け流して攻撃に転じ、長刀を振り上げて打ち下ろす。

やぶれ笠の鬼は、打ち下ろされた長刀をかい潜《くぐ》って曲者の懐に飛び込むと、胴を払い上げた。

曲者は長刀を地面に突き立てて堪えようとしたが、呻き声をあげ、うずくまるように倒れた。

長い息を吐いたやぶれ笠の鬼が、血振るいをして刀を納めると、立ち竦《すく》んでいる東十条に顔を向ける。

「これで分かったか。拙者は、同心を斬ってはおらぬ」

「す、すまなかった」

東十条が素直に詫びたその時、唸《うな》りを上げて飛んできた弓矢が、東十条の右肩を貫いた。

悲鳴をあげた東十条が倒れるのを見る間もなく、やぶれ笠の鬼は抜刀した刀を振るい、立て続けに放たれた弓矢を切り飛ばす。

その横では、小者たちが背中を射貫かれて倒れている。

「おのれ、卑怯《ひきょう》な！」

誰かが叫んだが、弓手《ゆんで》の姿はなく、どこから飛んできたのか分からなかった。

一拍の間ののち、瑞泉寺の塀の上から、弓矢を持った黒装束の者どもが三人現れた。と同時に弓矢を放ち、さらに小者たちが倒された。

やぶれ笠の鬼は、己に迫る弓矢を切り飛ばしていたのだが、そのうちの一本が左腕に突き刺さった。

「く、くそ」

激痛に顔を歪《ゆが》めて片膝をついた時、所司代の手の者は次々と倒され、呻き声をあげていた。

弓を引く曲者どもは、やぶれ笠の鬼に狙いを定めている。

やぶれ笠の鬼が立ち上がり、刀を構えると、敵は弓を下ろした。

「とどめを刺さぬとは、こしゃくな奴どもめ！」

やぶれ笠の鬼が大声で叫ぶと、

「では、望みどおりにしてやろう」

雨の中で声がした。

その方角へ顔を向けると、寺の木戸から、笠を着けた浪人者が出てきた。

姿を見たやぶれ笠の鬼が驚愕する。

「やぶれ笠……。さては貴様か、拙者の名を騙《かた》りおったのは」

「ふん。わしが本物の鬼だ」

曲者がそう答えたので、東十条が、どっちが本物かという顔をして両者を見ている。

やぶれ笠の鬼は、刀を鞘に納めて曲者と対峙《たいじ》した。

「どちらが本物か、思い知らせてくれる」

不敵な笑みを浮かべて言うと、曲者も不敵に口を歪め、抜刀して正眼に構えた。

「手負いの身で、わしに勝てると思うな。覚悟せい」

告げた曲者が前に出た時、

「待て、待て待てい!」

三条橋から大声がした。

十手を振り上げ駆けてくるのは、五味だ。

その後ろに佐吉が続き、信平と善衛門がいる。

やぶれ笠の鬼に向けて弓を構えていた者どもが、向きを変えて矢を放った。

五味が、うお、と声をあげて身を伏せてかわし、佐吉が太刀を振るい、信平に迫る弓矢を切り飛ばした。

そのあいだに、戦いの火ぶたを切った二人のやぶれ笠の鬼は刀をぶつけ合い、曲者の一撃をかわした本物のやぶれ笠の鬼が振り向き、片手で背中を斬った。

「むう」

痛みに呻いた偽物が、振り向いて刀を振り上げたが、その眉間に弓矢が突き刺さり、仰向けに倒れた。仲間であるはずの者が、偽物が斬られたとみるや、矢を放って口を封じたのだ。

そしてその者は信平にも矢を放ち、足を止めている隙に寺の塀の中へと姿を消した。

信平の前にお初が現れて、自分にまかせてという面持ちで顎を引く。

信平が応じると、お初は身軽に寺の塀を飛び越え、逃げた曲者どもを追って行った。

東十条が安堵して言うのにうなずいた信平は、佐吉に命じて、助けを呼びに走らせた。

「ご名代」


信平は、へたり込んだ浪人者に駆け寄り、声をかけた。

「怪我を見せなさい」

「たいした怪我ではない」

やぶれ笠の鬼は言ったものの、痛みに呻いた。

東十条が信平に言う。

「この者に助けられました」

応じた信平は、傷を見た。曲者との戦いで、肩にも傷を負っている。

「これでは歩けまい。家はどこじゃ」

「三条の橋を渡り、右に曲がって最初の寺の裏にある、長屋だ」

それだけ言うと、やぶれ笠の鬼は気を失った。

「そこなら、近くに医者がいます」

軽傷の小者が言ったので、信平は、戻ってきた佐吉と町人の若い衆に、怪我人を医者の元に運ばせた。

三

医者の手当てによって、腕を切り落とされていた同心は命を取りとめた。弓矢に毒が塗られておらず、東十条も、気を失っていたやぶれ笠の鬼も程なく意識を取り戻し、大事にはいたらなかった。

知らせを聞いて医者の家に来た女が、肩に晒を巻かれたやぶれ笠の鬼を見つけると、駆け寄って抱きついた。

「お前さま、ご無事で良うございました」

「おのぶ、人前で何をする」

「やぶれ笠の鬼と言われるにしては、照れ屋でござるな」

善衛門が信平に言うのが皆に聞こえて、失笑が起こった。

おのぶがはっとなり、離れて居住まいを正して恥ずかしそうにした。

東十条が、危ういところを助けられたことを教え、礼を言った。そして、改まって問う。

「ご新造《しんぞう》、ご亭主は、まことにやぶれ笠の鬼と言われた御仁か」

「はい」

「うむ。では、先ほどの曲者が、偽物ということか」

おのぶは、東十条を見据えた。

「知らせてくださったお方がうちの人を捕らえようとしたと申されましたが、名を騙った者は、何をしたのでございますか」

東十条が悔しそうな顔で答える。

「所司代の同心を、三人斬りおった。命までは取っておらぬが、去り際に、やぶれ笠の鬼と名乗ったのだ」

神妙な顔でうなずいたおのぶが、我が夫は、と身分を明かそうとしたが、やぶれ笠の鬼が止めた。

「出しゃばるな」

おのぶが慌て、下を向いて口を閉ざした。

五味が問う。

「名を言えぬ事情でもあるのか」

やぶれ笠の鬼は五味に顔を向け、戸惑った表情を浮かべた。

「拙者は、ただの浪人でござる」

五味がさらに問う。

「国はどこだ」

「河内でござる。名は、錦織八三則《にしこりやさのり》と申します。剣の修行を兼ねて、上方で道場破りをして回っておりましたが、ぼろ笠をつけておりましたので、やぶれ笠の鬼などと呼ばれるようになりました」

本人いわく、そう呼ばれるのは悪い気がしなかったので、立ち合いの前には、本名よりも異名を名乗るようになったという。

「やぶれ笠の鬼と言った途端に降参する道場主もいましたので、味をしめておりました。まさか、我が異名を騙る人斬りが出ようとは思いもせず、いやはや、面目ござらぬ」

錦織はそう言って、狩衣姿の信平に好奇の目を向けた。

「先ほどの曲者どもは、あなた様のお姿を見た途端に、顔色が変わったように思えました。ご名代と申されましたが、お名前をお教え願えませぬか」

「鷹司松平信平様じゃ」

信平が口を開く前に、善衛門が教えた。

錦織はうなずいただけで、驚きはしなかった。鷹司の名字も、信平のことも知らな

いようだが、

「松平様は、将軍家に関わりがござりますのか」

徳川の本姓ともいえる松平の名字は、さすがに気になるらしい。

この問いにも善衛門が答え、信平の身分を明かすと、錦織とおのぶは、揃って頭を下げた。

「ご無礼の段、平《ひら》にご容赦《ようしゃ》を」

錦織夫婦に頭を上げさせた信平は、養生するように言うと、医者をあとにしようとした。

すると、錦織が呼び止めた。

「信平様は、この京の治安を取り戻すために、江戸からまいられたのですか」

「どうやら、そうらしい」

信平が曖昧《あいまい》に答えるので、錦織が不思議そうな顔をした。

信平が微笑んで告げる。

「上洛と同時に、役目を仰せつかった。ゆえに、京で暗躍する者どもを捜しているところじゃ」

錦織が膝を進めた。

「最初に剣を交えた男に、見覚えがございます」

「何！」

声をあげたのは東十条だ。片膝を立て、傷の痛みに顔を歪めた。

信平が何者かと問うと、錦織が思考をめぐらせる表情をした。

「名は分かりませぬが、木屋町《きやまち》の香西屋《こうさいや》というめし屋で酒を飲んでいた時に、離れた場所に座っておりました。見るからに不気味な男でございましたから、覚えています」

信平がさらに訊く。

「他に、仲間はいたか」

「こちらに背を向けていましたので顔は分かりませぬが、一人おりました。近頃店で物騒な相談をする者が多ございますので、それとなく気にしていたところ、その者たちに町人風の男が声をかけて外へ連れ出しました」

信平は、錦織が言う町人風の男が浪人を雇ったのではないかと思い、藤原を疑った。

「浪人を誘い出した者の人相を覚えているか」

「はい。あばた顔の、背の高い男です」

「さようか。藤原ではないようだ」

信平が善衛門に言うと、善衛門は応じて錦織に訊く。

「他に、何か知っていることはないか」

「ございます」

錦織が即答した。

「今申し上げためし屋には、人を斬る仕事を持ちかけてくる者がいるという噂があり、噂を聞きつけた食い詰め浪人が集まっているようです」

「人を斬ると申すは、まさか」

問う善衛門に、錦織が真顔でうなずいた。

「これは、客の浪人たちが話していたのを耳にしただけでございますので、はっきりしたことではありませぬが、所司代に仕える与力と同心を一人斬れば、銀を三百匁《もんめ》出すと言って誘うそうです」

「おのれ、我らの首がたったそれだけとは、馬鹿にしおって」

東十条が、怒りに身を震わせた。

信平が錦織に問う。

「錦織殿は、誘われたことはなかったのか」

「はい。普段は近くで人足働きをしておりますので、顔を知られているのかもしれませぬ」

「なるほど」

信平は納得した。

「よう話してくれた。礼を言う」

「またお役に立てることがあればお知らせしたいのですが、所司代屋敷に行けばよろしゅうございますか」

やぶれ笠の鬼とまで言われた錦織は、道場破りを辞めて京に入り、懸命に働いていた。

国を出たわけは信平に言わなかったが、安寧《あんねい》な暮らしを求めて来た京で名前を騙られたことに、憤《いきどお》っているのだ。

錦織は片手をついて続ける。

「近頃の京の治安の悪さは、我慢なりませぬ。信平様、お手伝いをさせてください」

「その気持ちだけで十分じゃ。ご新造のためにも、この件には関わらぬほうがよい」

錦織はおのぶを見た。

おのぶは、黙ってうつむいている。

「しっかり傷を治せ」

信平はそう言うと、重傷の者を医者に託し、東十条たちを所司代屋敷まで送ったあとで京屋敷へ帰った。

お初は日暮れ時に京屋敷に戻り、矢を放った者どもを嵐山《あらしやま》まで追ったのだが、見失ったという。

信平は、下座にいる佐吉を呼び寄せた。

「どうじゃ、鈴蔵は」

「はい。今は屋敷の雑用をさせておりますが、よう働きまする」

「うむ。鈴蔵をこれへ」

「承知」

佐吉が明るい声で応じると、廊下に立ち、

「鈴蔵！　殿がお呼びじゃ！」

大声で呼ぶや、鈴蔵はすぐさま廊下に現れて片膝をついた。

その身のこなしは、お初が目を止めるほど、忍びの者に近い。

かと思えば、背を丸めて下働きをする姿は素朴な下僕で、黒丸の手綱を引き歩く時は、陽気な馬子だ。

鈴蔵にしてみれば、昔の生業《なりわい》が身体に染み付いているだけで、無意識のうちに、どのような姿にもなれるのだ。

鈴蔵の才覚を見抜いた信平は、佐吉の家来にして、武家としての躾《しつけ》をさせ、一方で、お初にはできぬ役目をさせてみようと、考えるようになっていた。

その時がきたのである。

「鈴蔵」

信平が廊下に立ち名を呼ぶと、鈴蔵がへい、と答えた。

佐吉が即座に、へいではない、と、叱りつけた。

唇を何度も舐めた鈴蔵が、やりなおす。

「はは」

「そちを、佐吉の家来といたす」

「へっ？」

鈴蔵の顔には、明らかに落胆の色が浮かんだ。信平の家来ではないのかと言いたいのだろう。

「不服か」

信平が問うと、ちらりと佐吉を見上げて、頭を下げた。

「よろしくお願いいたします」

「うむ」

信平は鈴蔵に頭を上げさせ、佐吉にうなずく。

応じた佐吉が、鈴蔵に命じた。

「さっそくだが、そちに探ってもらいたいことがある」

「なんなりと」

「浪人になりすまして、木屋町の香西屋に酒を飲みに行け」

鈴蔵は不思議そうな顔を向けた。

「酒を飲めるのはありがたい役目です」

「馬鹿、それが役目ではない。酒を飲みながら、声をかけられるのを待っておればよい」

「それだけで、よろしいのですか」

「いや。あばた顔の背の高い男が話しかけてきたら、その者の話に乗るのだ。そして、正体を突き止めよ」

鈴蔵は真剣な顔で応じた。

「では、古着と大刀をお貸し願います」

「こちらにまいれ」

善衛門が声をかけて立ち上がり、鈴蔵を連れて納戸《なんど》に行った。

「殿、それがしも店に行き、離れたところから見ております」

佐吉が申し出たが、信平は承知しなかった。

「佐吉が麿と共にいるところを、敵が見ておるやもしれぬ」

すると、五味が口を挟んだ。

「そうそう、大男が店に入った途端に、ばれてしまうぞ」

「しかし、鈴蔵一人では心配です」

佐吉が言うと、お初が部屋から出て、すぐに戻ってきた。先ほどまで鈴蔵が着ていた着物を持っている。

皆が目で追っていると、お初は五味の前に座って、着物を差し出した。

「はは、これはなんの意味です、お初殿」

「人足に化けて行けば、信平様と共にいた者とは分からないかと」

「おれが！」

五味が指を自分に向けて言うと、

「他に誰がいるのです。さ、支度しますよ」

お初が立ち上がり、顎で別室を示した。

着替えを手伝うと言われて、五味がぱっと明るい顔をする。

「はい、喜んで」

信平は、静かになった部屋でひとつ咳をした。

四

夜になると雨はすっかり上がっていたのだが、日が暮れる前に西日が射し込んだせいで、京の町は蒸し暑くなっていた。

木屋町の通りは、高瀬川《たかせがわ》が流れるおかげで幾分か涼しい気がするのだが、鈴蔵が暖簾を分けて入っためし屋は、客の体臭と酒の匂いで、むんむんしていた。

鈴蔵は、店を間違えたかと思い、若い女を呼び止めた。

「おこしやす」

酒を運ぶ足を止めた女に、

「ここは、香西屋に違いないか」

そう問うと、女は笑顔で答えた。

「へぇ、そうどす。お一人様どすか」

「さよう、一人じゃ」

鈴蔵が、侍らしく胸を張ると、客に酒を出して戻った女が中へ案内した。

入り口あたりに並ぶ長床几《ながしょうぎ》に腰かける客は人足たちが多く、奥の板敷の広間には、浪人風の者たちが陣取っている。粗末な屛風《びょうぶ》で隔ててある所では、一人で酒を飲む客に店の女が身を寄せ、甘い誘いをかけている。

鈴蔵が店の女に案内されたのは、浪人が陣取る板敷の広間で、塗りが剝《は》げた朱色の折敷《おしき》を前にして座った。

すると、酒を飲んでいた浪人たちが、見慣れぬ顔の鈴蔵を品定めするような視線を向けてきた。

酒と豆腐を注文した鈴蔵は、刀を差したまま座っているのに気付いて、それとなく外して横に置いた。

「ちっ」

と、舌打ちがしたのでちらりと目を向けると、髭面《ひげづら》の、いかにも悪そうな顔つきをした浪人が白い目を向けていたのだが、大盃《たいはい》を取り、浴びるように飲んだ。

行儀を良くしていたのでは、疑われてしまう。

そう思った鈴蔵は、足を崩してあぐらをかき、右肘を太腿《ふともも》に乗せて身体をかたむけ、大あくびをして見せた。

「酒はまだか！」

などと声を荒らげて、周囲に気を配ることもやめた。

この態度が、同じ食い詰め浪人の荒くれ者と思われたらしく、浪人たちから白い目を向けられなくなった。

耳をすませば、浪人の口から出るのは金儲けの話ばかりである。

どれもこれもまともな内容ではなく、どこそこの大店《おおだな》には、何百貫という銀が眠っているとか、この木屋町の炭問屋にも、我らが生涯食うに困らぬ銀があるなどと噂し、中には、襲撃の企てをする者もいる。

今の京は、この店だけではなく、浪人どもが集まるところでは、物騒な企てをする話ばかりなのだ。

それもこれも、所司代の役人が襲撃され、町の取り締まりが弱くなっているからだ。

鈴蔵の耳には痛い話も、京の民からは出はじめている。

それは、所司代の名代となった信平に対するもので、

「お公家さんでは、やはりあかんのやないどすか」

などと、あからさまに批判する者がいるのだ。

鈴蔵が、出された酒を渋い顔で飲んでいると、人足たちの中からも、所司代と信平に対する不満の声があがった。

「やっぱり、所司代やお公家さんやのうて、大名家の軍勢に守ってもらわな、あかんのとちゃうやろか」

一人の人足が、銚子と湯呑《ゆの》みを持って立ち、皆に同意を求めた。

「そや、あんさんの言うとおりや」

一人が立ち、

「大名を呼べ」

もう一人が立って言い、客たちを煽《あお》る。

次第に声が高まり、所司代と信平に対する批判は、人足たちに広まった。

浪人たちは、もっと言え、町に出て騒げ、と煽り立て、愉快そうに酒を飲んでいる。

鈴蔵も、隣の浪人に調子を合わせて騒ぎ立てていたのだが、ふと、人足の中で浮かぬ顔をする者に気付き、舌打ちをした。

人足に化けた五味が、今にも泣きそうな顔をして、騒ぐ連中を見ていたからだ。

浪人の中には、そんな五味を顎で示し、怪しむ者がいる。

鈴蔵は、このままではまずいと思い、怪しんでいる浪人に話しかけるために立ち上がろうとしたのだが、目の前に、よろける足で近づいた女が立った。

鈴蔵が見上げると、赤い着物をぞろりと着た女が、笑みを浮かべた。

「あら、いい男」

よく見れば、先ほど屏風の中で別の客に寄り添っていた女だ。

鈴蔵が笑みで応じ、立ち上がろうとしたのだが、女が抱きついてきた。

「おいおい」

「旦那、見ない顔やけど、初めてどすか」

「お、おう」

首に腕を回している女が下から見上げてくる顔はなんとも妖艶で、鈴蔵は、ごくりと喉を鳴らした。

女が笑みを浮かべ、鈴蔵の喉を指でなでる。

「旦那、あたしと遊んでおくれやす」

鈴蔵は目を見開き、誘惑に負けてしまいそうな己に、胸のうちでだめだと言い聞かせる。

女の指が喉から胸に伝い、懐に入ってきた。

「よ、よさぬか」

口では言ったものの、こころの中は正反対だ。

だめだ、我慢できねぇ――

鈴蔵は、たまらず女を抱きしめた。すると、その手首をつかみ上げられ、女から引き離された。

先ほどまで屏風の中にいた浪人が恐ろしい顔で睨み、

「てめぇ、おれの女に手ぇ出すんじゃねぇ」

怒鳴るや、抜刀して斬りかかってきた。

様子を見ていた五味が尻を浮かせたが、その時にはもう、決着がついていた。

「うお」

驚きの声をあげたのは、鈴蔵に斬りかかった浪人のほうで、刀を打ち下ろす手首を鈴蔵につかまれて投げ飛ばされ、床で背中を強打したのだ。

「おのれ」

起き上がろうとした浪人は、鈴蔵に胸を押さえられ、目の前に脇差の切っ先を突き付けられて息を呑んだ。

「誘ってきたのは女のほうだ。取られたくなければ、しっかり捕まえていな」

大刀は使えぬ鈴蔵であるが、道中差《どうちゅうざ》しには自信がある。日本中の城下で危ない目に遭ってきたにもかかわらず、生き延びているのは、誰に習うでもなく身につけた技のおかげ。

切っ先を突き付ける鈴蔵の鋭い目つきに恐れおののいた浪人者は、顔を引きつらせて命乞いをした。

「うせろ、酒がまずくなる」

混乱の最中にも演技を忘れぬ鈴蔵が言うと、浪人者は刀を拾い、逃げるように店を出た。

店の中は静まり返り、鈴蔵に向けられる浪人たちの視線は、先ほどとはまったく違うものに変わっている。

初めは、目が合うと睨み返していた者も、鈴蔵が目を向けた途端に下を向いた。

先ほど絡んでいた女がふたたび抱きついてきた。

「今の人、ねちこくていややったんどす。おおきに。ほんまに、お強うおすなぁ」

ふたたび誘われて、鈴蔵が良い気持ちでいると、頬被りをした町人風の男が近づき、女の尻をたたいた。

「すまないが、この旦那と話があるんだ。あっちで一杯やってくれ」

酒手《さかて》を渡すと、女は不服そうにしながらも、離れて行った。

女と代わって鈴蔵の前に座った男の顔には、あばたがある。

こいつか、と思った鈴蔵であるが、平然と湯呑みの酒を飲んだ。

一度周囲を見回した男が、声を潜めて言う。

「旦那、もっと良い店がありますが、いかがです」

「酒なら、ここので十分だ」

「そうおっしゃらずに。旦那の腕を見込んで、頼みたい仕事がありますので、そこでゆっくり話をしたいのですがね」

「用心棒か」

「ここでは、ちょっと。いい金になることは、約束します」

「さようか。では、案内しろ」

「まいりましょう」

先に出る男に続いた鈴蔵は、長床几に座っている五味に目配せをすると、店から出た。

案内されたのはすぐ近くだったが、店とは分からぬ佇《たたず》まいで、中に入ると、知る人ぞ知る、といった具合の料亭だった。

下足番《げそくばん》が鈴蔵の履物《はきもの》を見て、男に目配せをする。

それに気付かぬ鈴蔵ではない。

善衛門が用意した履物は上等な雪駄《せった》だったので、自分が履き減らしていた藁草履《わらぞうり》で十分だと言って断っていたのが幸いした。このほうが、食い詰め浪人にはお似合いというわけだ。

「さ、こちらへ」

男に案内された鈴蔵は、蠟燭の明かりに照らされた見事な金屛風が置かれている座敷に通されると、示された上座にあぐらをかいた。

「すぐに、料理を用意させますので」

言った男が一旦下がり、酒を持った仲居を連れて戻ってきた。

「ささ、お注ぎして」

男が言うと、仲居が盃を渡して酌をした。

鈴蔵が一息に干すと、男は仲居が下がるのを待って、話を出してきた。

「不躾《ぶしつけ》ですが、旦那、人を斬ったことがございますか」

「いきなり、物騒な話だな」

「はい」

男は上目遣いに薄い笑みを浮かべたが、目は鋭い。

「何人か、斬ったことがある」

鈴蔵が言うと、男が満足そうにうなずいた。

「お頼みしたい仕事といいますのは、人を斬っていただきたいのです」

「ほう。恨みごとか」

「まあ、そのようなもので」

「金で人を殺《あや》めるのは、どうも好かん」

「命は取らなくて結構。腕の一本でも落としていただければ、ようございます」

「いくらだ」

「一人につき、銀三百匁でお願いします」

「ずいぶんと、足下を見られたものだ」

「二人斬れば、倍でございます。旦那の腕なら、容易いことでございましょう」

「さては貴様、先ほどはおれの腕を試したな」

鈴蔵が鎌《かま》をかけると、男は含んだ笑みを浮かべて言う。

「捕らえられるのは、こちらとしても困りますので」

「そういうことか。いいだろう。引き受ける」

「ありがとうございます」

男が頭を下げた。

「で、どこの誰を斬ればよいのだ」

「所司代の与力と同心を、斬ってください」

「なるほど、大勢の役人が斬られているのは、おぬしの仕業であったか」

「はい」

「おもしろい。おれは役人が大嫌いでな。斬るのは誰でもよいのか」

「ようございます」

「斬った証は、なんとする」

「ご心配なく。たった今より、旦那を見ておりますので」

「何」

鈴蔵が、あたりを見回した。

男は、鈴蔵の様子を見ていたが、冗談でございますと言い、莞爾として笑った。

「証は、切り落とした腕か、このように、奪った十手をお持ちくだされば、金をお渡しします」

男が懐から十手を出した。紫の房は、与力の物だ。

「あい分かった」

鈴蔵が応じると、男が真顔になる。

「くれぐれも、仕損じのなきように」

「ひとつ訊かせてくれ」

「なんでございましょう」

「雇い主は誰だ」

「おや、なぜそのようなことを気になさいます」

「仕事をするからには、雇い主を知っておくのがおれの流儀だ」

「手前では、不服でございますか」

男が、不気味な目を向けてくる。まるで蛇のように、感情のない目だ。

鈴蔵は、これ以上訊くのは危ないと思った。

「いや、それでいい。名前だけ訊いておこうか」

「四郎《しろう》、と申します」

「おれは岡光《おかみつ》だ」

適当な名前を言うのは、お互い様だろう。鈴蔵は、大胆にも居座り、四郎を相手に酒を飲むと、出された鱧《はも》の料理を堪能《たんのう》して帰った。


怪しげな店から鈴蔵が出るのを待っていた五味は、松の木陰から声をかけて手招きした。

後ろを気にして小走りで駆け寄った鈴蔵が、松の根元にしゃがんで小声で言う。

「間違いございません。あばた顔の男が、仕事を頼んできました。名前は四郎と名乗りましたが、あれは、偽名でしょうね」

「して、藤原の名は聞き出せたか」

「いえ、それ以上は無理でした」

「待て、誰か出てくる」

五味が鈴蔵を引っ張って身を隠していると、例のあばた顔の男が一人で出てきた。

抜かりなくあたりをうかがっている四郎は、高瀬川沿いを南にくだって行った。

あとを追った五味と鈴蔵が、四辻を右に曲がった四郎の姿が見えなくなると、小走りで角まで行き、五味が通りに顔を出した。

四郎は、尾行に気付かぬ様子で、通りを歩いて行く。

「よぉし、今日こそ黒幕の正体を突き止めてやる」

五味は張り切ると、鈴蔵と共に人気のない通りへ歩み出た。

その背後の暗闇から染み出るように現れたのは、藤原だった。

四郎を尾行する五味と鈴蔵を始末するべく、鯉口を切って追おうとした。だがその時、目の前に男が現れた。腕に怪我をしている錦織だ。

「むっ」

藤原が立ち止まると、楊枝《ようじ》をくわえた錦織が顔を向け、不敵に笑う。

「ここから先は、通すわけにはいかぬ」

「おのれ、何奴」

「やぶれ笠の鬼よ。今の者たちを追うということは、昼間の連中の仲間か。それとも、頭目か」

「だとしたら、いかがする」

「昼間はよくも、腕を射貫いてくれたな。おかげで、好きな酒も飲めねぇや」

「ふん、知ったことか」

藤原は柄に手を掛け、ゆるりと抜刀した。

「どかねば斬る」

「おっと、動くなよ」

錦織が言うと、背後から短筒《たんづつ》の筒先が向けられた。おのぶが、鋭い目つきで狙いを定めている。

「仲間の居場所を白状すれば、命は助けてやろう」

錦織が言うと、藤原が鋭い目つきをした。

「貴様ら、公儀の隠密か」

「言っただろう。やぶれ笠の鬼だ。腕の借りは、きっちり返させてもらう」

「邪魔をする奴は、誰であろうと生かしてはおかぬ」

藤原の凄《すさ》まじい剣気に、錦織が叫んだ。

「おのぶ！」

間髪をいれず、おのぶが短筒を放った。

だが、藤原は恐るべき俊敏さを見せ、おのぶが引金を引く前に身を転じていた。

弾が外れて、町家の柱をえぐり飛ばす。

錦織は、迫る藤原に抜刀して一閃したが、藤原は軽く受け流して前に出ると、太刀を振るって錦織の背を斬った。

苦痛に顔を歪めて振り向いた錦織の腹に、藤原が太刀を突き入れた。

「ぐう」

おのぶは、短筒を投げ捨てて小太刀を抜き、藤原に斬りかかった。

藤原は、錦織の腹に突き入れた太刀を引き抜き、地を蹴って屋根に飛び上がると、闇の中へ走り去った。

「逃げられたか」

錦織が言うと、おのぶが駆け寄り、身体を支えた。

「申しわけございませぬ」

「まあ、いい。これで、少しでも、信平様のお役に立てたであろう」

「お気を確かに」

「おのぶ。わしはこれまでのようじゃ。お前は国へ帰れ」

「何を申されます。死なせてなるものですか」

おのぶがそう言うと、錦織が苦痛に呻いた。

「おい、錦織殿ではないか」

声をかけてきたのは、銃声を聞いて戻ってきた五味だった。

「しっかりしろ。すぐ医者に連れて行く」

錦織が、五味の手をつかんで止めた。

「そ、それより、男の行き先は、突き止めたのか」

「ああ、今も手の者が見張っておる」

「さ、さようか」

「もうしゃべるな。出血も少ないゆえ、必ず助かる」

五味が言うと、錦織が辛そうに目を閉じた。

「五味様、お願いでございます。夫をお助けください」

「よし、待っていろ」

気丈なおのぶに言われて、五味は近くの番屋に助けを呼びに走った。

五

鈴蔵を誘った四郎が入ったのは、山岸《やまぎし》という菓子屋の裏にある長屋だった。

部屋の明かりがついているところをみると、独り暮らしではないようだ。

鈴蔵が見張りをはじめて、半刻《はんとき》は過ぎただろうか。

銃声を聞いて、様子を見てくると言った五味はまだ戻ってこない。

暇な鈴蔵は、五味は何をしているのだろうかと思いつつ部屋を見張っていた。すると、表の戸が開き、手燭を持った女が出てきた。

物陰に隠れる鈴蔵の前を歩んで向かった先は、共同の厠《かわや》だ。

女はすぐに戻ってきた。寝乱れた髪を整えながら歩む女は、身なりも派手ではなく、ごく普通の、どこにでもいる長屋の女房といった雰囲気だ。

鈴蔵は、長丁場《ながちょうば》を覚悟して見張り続けた。

しばらくした頃、ちょうちんを提げた店の手代《てだい》風の男が長屋にやって来て、四郎の部屋の戸をたたいた。

女房が顔を出し、親しそうに笑みで話すと、中へ入れた。

「あの男も、仲間か」

出てきたら跡をつけなければならないと思ったが、一人では動けない。

「五味の旦那、何してるんだろうな」

いらいらしながら、通りと家を交互に見た。

五味が戻ったのは、それから間もなくのことだ。

「すまぬ。どうだ、男に動きはあったか」

「一人客が来ています。出てきたら、おれが跡をつけます」

「うむ」

「それより、どうだったのです」

「こっちはおおごとだった。昼間に信平殿が助けた錦織という浪人者が、曲者に斬られたのだ。その曲者は、おれたちを追っていたらしい」

「ええ？」

「錦織殿が止めてくれなかったら、おれたちが斬られていたかもしれぬ」

「そのお方は、どうなったのです」

「背中と腹に傷を負っているが、やぶれ笠の鬼と言われただけのことはある。相手が突き入れた刀を素手でつかんで止めていたおかげで、腹のほうは浅傷ですんだ」

鈴蔵が顔をしかめて、身震いした。

「生きられるのですか」

「医者は、背中も急所を外れているから大丈夫だと言っていた」

「なんだか、聞いただけで体中が痛くなってきました。錦織さんを斬った曲者が、追ってきやしませんか」

言った鈴蔵が、首を伸ばして暗い通りの様子を探った。

「そう恐れるな。おれがいるのだし、信平殿に知らせを走らせたので、ここにも応援が来る」

五味がそう言っている時、長屋から女の悲鳴がした。

「なんだ！」

五味と鈴蔵が顔を見合わせていると、別の部屋から住人が出てきて、四郎の家の戸をたたいた。

「おい、どうした！」

住人の中年の男が戸を引き開けた刹那、

「がぁ！」

奇妙な大声をあげて腰を抜かした。

「ひ、人殺し！」

そう叫ぶので、五味は目を見張った。

「しまった。お前は裏へ回れ」

五味は鈴蔵に命じると、すぐさま路地に駆け出て四郎の部屋へ行った。

中に入ると、四郎と女房が、折り重なるようにして血だらけで倒れている。

「おい、しっかりしろ！」

五味が、肩で息をしている女に声をかけて抱き起こした。

頰をたたいて何度も声をかけると、女がうっすらと目を開けた。

「誰にやられた。相手の名を言え」

五味が手をにぎって分かるかと訊くと、女が口を開けた。何かを言おうとしているが、声にならない。

「しっかりしろ。やったのは誰だ」

「し、しもすぎはんの、た、たつなか、じ」

女はそこまで言うと、こと切れた。

「やったのは、しもすぎはんところの、たつなか某《なにがし》という者ですやろか」

戸口に立っていた住人の男が出しゃばって言う。

裏に回った鈴蔵が、土足で上がってきた。

「誰もいない。けど、あの男だ。手代風の男がやったに違いない」

「人相を覚えているか」

五味が訊くと、鈴蔵は首を横に振った。

「暗かったので……、すみません」

「油断したのは、おれもおんなじだ」

五味はそう言うと、しまった、という顔をした。

表には、騒ぎを聞いた住人が集まっていた。

五味が、出しゃばった男に訊く。

「この家を訪れる者は多かったか」

「いえ、見たことはありません」

五味は女を寝かせて立ち上がり、外にいる者に訊いた。

「誰か、しもすぎという者と、たつなかという者を知る者はおらぬか」

住人たちは顔を見合わせて首をかしげている。誰もが、初めて聞く名だと言った。

五味はさらに、殺された男と女のことを訊いた。

四郎というのはやはり偽名で、男は平助《へいすけ》、女はたえというらしい。

住みはじめたのは、つい一月前で、詳しいことは誰も知らなかった。

「その名も、本名かどうか分からぬな」

町人の身なりをした五味が役人口調で言うので、住人たちが不思議そうに見ている。

「五味の旦那」

部屋を調べていた鈴蔵が、これを見ておくんなさいと言って示したのは、長持の中にある手つかずの大量の粒銀と、大小の刀だった。

「こいつ、侍か」

五味はそう言って、あばた顔の男を見下ろした時、ある思いに至った。

「おい、お前」

五味が出しゃばり男を指差し、役人を呼びに走らせた。

程なくすると、町役人と佐吉が同時に来た。

五味は、町役人に身分を明かしてこの場をまかせると、佐吉に信平の居場所を訊いた。

「殿は、ご老体と錦織殿の見舞いにまいられた。錦織殿を斬ったのは、おそらく藤原だ」

「何」

繋がっているのか、とつぶやいた五味は、

「こいつは、おおごとになるかもしれぬぞ」

佐吉に言うと、急いで信平のもとへ向かった。

六

錦織は、藤原と戦った場所からほど近い、正各寺《しょうかくじ》に運び込まれていた。

信平は、傷の痛みと熱でうなされる錦織のそばで、おのぶから話を聞いていた。

錦織は昼間のうちに医者から家に帰ったのだが、夜になって、あばた顔の男を捜すと言いだし、止めるのも聞かずに家を出ていた。

おのぶは、傷を負った錦織の力になるために、隠し持っていた短筒を引っ張り出して、あとを追ったのだ。

「この短筒は、父の形見でございます」

おのぶは、役人から返された短筒を一瞥して、錦織家に嫁ぐ前に、父親から使い方を習ったという。

「錦織殿は、以前は何をされていたのだ」

信平の問いにおのぶが答えようとした時、錦織が声を出した。

「と、殿、どうか、どうかお許しを」

呻くように言う錦織の手を、おのぶがにぎる。

「お前さま、ここはお城ではございませぬ。お前さま」

おのぶが何度も呼ぶと、錦織が目を開けた。

「おのぶ、無事であったか」

錦織が力のない声で言い、安堵の笑みを浮かべた。

そばに付いていた医者が脈を取り、ひとまず安心だと言うと、おのぶが礼を言い、錦織に微笑みかけた。

「お前さま、松平様がお越しくださいました」

「おお、さようか。おのぶ、起こしてくれ」

「なりませぬぞ」

医者が止め、信平が膝行した。

「錦織殿、麿はここじゃ。手の者をお助けくだされたそうだな」

「なんの、あれは、昼間の仕返しでございまする。逃がしてしまい、面目のうございます」

錦織が咳き込んだので、医者がしゃべるのを止めた。

「松平様、今宵はここまでとしていただきます」

「うむ」

信平は、錦織の手に自分の手を重ねた。

「ゆっくり休むがよいぞ」

そう言った時、廊下に善衛門が現れ、片膝をついた。

「殿、五味と鈴蔵が戻りました」

「うむ。今行く」

信平が言うと、錦織が手をにぎってきた。

「あばた顔の男の、正体が分かったのですか」

訊かれて、信平が善衛門を見ると、善衛門は首を横に振った。

「どうなったのです」

錦織が知りたがるので、信平は善衛門に、この場で話すよう促した。

「はは」

応じた善衛門が中に入って座り、あばた顔の男が、女房共々殺されたことを教えた。

「女房が今わの際に言い残した言葉は、しもすぎはんのたつなかじ、だそうです」

言葉の意味を考える信平に善衛門が言う。

「五味は、この件に下杉藩が関わっているのではないかと、申しております」

信平は、錦織が驚いた顔をしているのに気付いた。

「いかがした。言葉の意味を、知っているのか」

信平が訊くと、錦織が目に涙を浮かべて、辛そうにうなずいた。

「五味殿のご推察どおりかと」

「ここからは、わたくしがお話しします。お前さま、よろしいですね」

錦織が承諾したので、おのぶは信平に膝を転じて話した。

それによると、錦織は下杉藩の元藩士で、先代藩主、井村丹後守勝正の側衆《そばしゅう》だった。

錦織家は譜代の家臣で、家禄《かろく》は三百石であるが、側衆に取り立てられた錦織は勝正の信頼も厚く、将来は家老になるとまで言われた男だった。

勝正が急な病に倒れ、あっけなく没すると、錦織は遺言に従って次代の勝幸のそばに仕えたのだが、逆鱗《げきりん》に触れて蟄居《ちっきょ》を命じられ、その日から僅か一月後に家禄没収の命がくだり、藩から追放されたという。

信平が問う。

「先代から信頼されていた錦織殿が、何ゆえに、逆鱗に触れるようなことをしたのだ」

おのぶが錦織を見た。錦織はうなずく。

応じたおのぶが、険しい顔を信平に向けた。

「当代勝幸侯が、京に住む嵯峨という女に懸想《けそう》あそばされ、怪しげな者を城に出入りさせはじめたからにございます。勝幸侯は、その者が来るとそばに仕える者を遠ざけられ、密談をなされました。藩の財政が苦しく、家中の方々が倹約に努《つと》めているという時に、京の嵯峨の地に壮麗な屋敷を建てられ、女に千石もの領地を与えられたのです。それだけならまだよろしかったのでございますが、お国入りされている時は、たびたび御城を抜け出されて女のもとへ走り、藩政は国家老殿にまかせきりでございましたから、家中に不満が広がったのでございます。それを案じた夫が、殿をお諫め申し上げたところ、追放されたのです」

「さようであったか」

信平が言うと、

「なんとも、酷い話じゃ」

善衛門が、錦織に同情した。

信平は、気になっていることを訊いた。

「嵯峨という女の素性を、知っているのか」

「いいえ、存じません」

おのぶが答えると、錦織が、医者に起こしてくれと頼んだ。

医者が渋るので、錦織は自力で起き上がろうとした。

「無理はいけませぬ」

医者が止めようとした手を払う錦織を、おのぶが背中を支えて起こした。

錦織がひとつ息を吐き、信平に言う。

「それがしは、先代勝正様のご恩に報いるために、勝幸様がなされようとしていることを、黙っておりました。まさか、このような無謀な真似《まね》を勝幸様がなされるはずはないと、信じておりましたものですから」

「京で起きている一連のことは、下杉藩が絡んでいるのだな」

信平の問いに、錦織が辛そうな顔をした。

「はっきりそうとは申せませぬが、おそらく……」

「では、勝幸殿と密談をしていた怪しい者の正体を、知っているのだな」

「顔を見たことはございませぬが、勝幸様が藤原と呼ばれたのを、耳にしたことがございます」

「殿！」

驚きの声をあげる善衛門に、信平はうなずいた。

「下杉藩は、京の治安を守るために上洛を願い出たと聞く。その狙いは何か」

そう言った信平の脳裏に、道謙の言葉がよみがえった。

宮中を追われた沢子の娘が、必ず宮中に入り、後水尾法皇の娘として華々しく生き、母の無念を晴らすと言っていた。その女の願いを、勝幸は叶えようとしているのか。

信平の頭の中で、すべてが繋がった。

「善衛門」

「はは」

「下杉藩の狙いは、禁裏じゃ」

「なっ！」

善衛門が尻を浮かせて絶句した。

おのぶが驚き、錦織を見た。

錦織は動揺し、呼吸を荒くしている。

「そ、そのような、罰当《ばちあ》たりなこと。まさか、殿がそのようなこと」

「いけませぬ。これ以上は命に関わりますぞ」

医者が言い、錦織を横にさせた。

「殿、ただちに江戸へ知らせを走らせます」

善衛門が言ったが、信平は止めた。

「慌ててはならぬ。まずは、動かぬ証を手に入れるのじゃ」

「はは。では、屋敷に戻って策を練りましょうぞ」

「うむ」

先に立つ善衛門を見送り、信平は錦織夫婦に言う。

「よう話してくれた。礼を申す」

横になった錦織が、辛そうな顔を向けた。

「信平様」

「うむ」

「殿は、女と藤原に騙されているのです。どうか、殿と下杉藩を、お頼み申します」

「貴殿を追放した家のことを、案じるか」

信平が厳しい口調で言うと、錦織が手を合わせて懇願《こんがん》した。

「あい分かった。力を尽くすことを約束する」

信平はそう答えた。錦織の揺るがぬ忠義に、応えてやりたいと思ったのだ。

「養生して、早《はよ》う治されよ。いずれ、麿の京屋敷に迎えたいが、いかがか」

錦織は床の中でうなずき、涙を流した。

「その日を、楽しみにしておるぞ」

信平は錦織の手を取って言い、寺をあとにした。

だが錦織は、夜が明ける頃におのぶの目を盗んで、姿を消した。

寺を抜け出した錦織は、町駕籠を雇うと、禁裏の西側にある下杉藩の京屋敷へ走らせた。

出水通《でみずどおり》の北側にある京屋敷は、十五万石の大名に相応しい立派な門を構えており、寄棒を持った門番が二人立ち、通りに睨みをきかせている。

その門番の前に駕籠を止めさせると、錦織は、駕籠かきの手を借りて降り立った。

「何か用か」

門番がすぐに歩み寄り、声をかけてきた。血がにじむ晒を巻いているのに気付いて、ぎょっとする。

錦織は毅然《きぜん》と伝えた。

「留守居《るすい》の笹田《ささだ》殿に火急の知らせがある、入れてくれ」

戸惑う門番に、

「急げ！」

腹の痛みを堪えて怒鳴ると、中から藩士が出てきた。

「笹田殿に知らせとはなんだ」

人相の悪い男は、錦織の見知らぬ男だった。

「藩の存続に関わることだ」

「貴殿の名は」

「錦織だ。笹田殿とは、面識がある」

応じた男は一旦中に入り、程なくして、脇門を開けた。

「入れ」

錦織があとに続いて入ると、屋敷の中は静まり返っていた。だが、こちらを見る者の気配が、いたるところに感じられる。

錦織は、竹垣や植木に目を配り、遠くに見える小屋や馬屋に目を向けながら歩み、白州《しらす》が敷かれている庭に通された。

留守居の笹田は、濡れ縁を有した廊下の奥にある部屋で書物に目を通していたのだが、案内をした男が告げると、錦織に青白い顔を向けた。疲れた顔をしており、鬢は白髪が目立っている。

笹田は目を細めた。

「おお、久しぶりに見る顔じゃ。ささ、上がれ、上がれ」

「ここで、結構」

藩を追われた身の錦織は、刀を杖代《つえ》わりにして白州に片膝をついた。

濡れ縁まで出た笹田は、錦織の身体を見ても驚かなかった。

「錦織、わしに火急の用とは、なんじゃ」

「惚《とぼ》けるのはおやめなさい。京を騒がせているのは、殿のお指図でござろう」

「何を言うのかと思えば」

笹田が顔をしかめた。

「馬鹿なことを申すな。何ゆえ殿が、そのような命令を出されるのだ」

「昨夜長屋で殺された者の女房が、鷹司松平様の手の者に、下杉藩の達仲《たつなか》に襲われたと、言い残しております」

「何」

笹田の顔色が変わった。

「達仲十兵衛《じゅうべえ》は、笹田殿の家来でありましょう」

「ま、待て。誰に何を言われたか知らぬが、わしには関わりのないことじゃ」

「咎めるために来たのではござらぬ。忠告をしに来たのです」

「忠告？」

「さよう。殿がなされようとしていることは、すでに気付かれております。殿と藩のことを想われるなら、そこかしこに身を潜めし者どもを、屋敷から追い払いなされ」

錦織が周りに目を配りながら言うと、笹田は、錦織の後ろに目を向けた。すると、錦織の背後に人が出てきた。

「やはり、藩が絡んでいるのか」

錦織は、藩士たちが抜刀する気配に、辛そうに目を閉じた。

「本気で、徳川に勝利できると思うているのか」

充血した目を開けて笹田を睨むと、笹田は肩を落としてため息をついた。

「ここまできたからには、前に進むしかあるまい」

笹田が言うと、藩士が斬りかかってきた。

錦織が一撃をかわし、杖にしていた刀で足を払うと、藩士は背中から倒れた。

その藩士が起き上がると、笹田が怒鳴った。

「よさぬか、十兵衛！」

斬りかかったのは、達仲だったのだ。

手負いの錦織を斬るのは容易いと思うたか、達仲は命令を無視して、刀を振り上げた。

「てや！」

刀を打ち下ろす達仲の一瞬の隙を突いて前に出た錦織は、抜刀して胴を払った。

呻き声をあげながらも、達仲は振り向いて刀を振り上げた。その達仲の喉から刀の切っ先が突き出たのは、その時だった。

白目をむいて倒れた達仲の背後にいたのは、藤原だった。

鋭い目を、錦織に向けている。

「とどめを刺さなかったのは、わしの不覚であったか」

そう言うと、藤原が刀を正眼に構えた。

錦織が応じて、刀を鞘に納めて抜刀術の構えをとると、藤原が猛然と前に出た。

間合いを見切り、錦織が抜刀して一閃した。

しかし、刀を弾き上げた藤原が、返す刀ですっと振り下ろす。

目を大きく見開いた錦織に背を向けた藤原は、血振るいをして納刀した。

錦織は立ったまま絶命し、足から崩れるように倒れた。

「錦織……」

藩でも名を馳せた剣の遣い手の死を目《ま》のあたりにした笹田が声を震わせ、辛そうに顔をそらした。

その笹田に、藤原が冷酷な目を向ける。

「悲しんでいる場合ではない。我らのことが信平に知られた以上、ことを急がねばならぬ。勝幸殿に、早馬を出せ」

「しょ、承知いたした」

笹田が、骸《むくろ》を片づけるよう配下の者に命じると、藤原は屋敷から出ていった。

信平が錦織の死を知ったのは、翌朝だった。

何者かが山門に死骸を置いていたという通報が寺から所司代に届けられ、錦織を捜していた五味が、もしやと思い行ったところ、錦織だと分かったのだ。

信平は、おのぶを連れて寺に行った。

変わり果てた錦織の姿に我を失ったおのぶは、その場で喉を突こうとしたのだが、お初が懐剣《かいけん》を奪い、錦織が望んでいるはずはないと言って、思いとどまらせた。

泣き崩れるおのぶの悲しみに触れて、信平は胸を痛めた。

「おのぶ殿、錦織殿のためにも死んではならぬ。生きるのじゃ」

「信平様」

おのぶが、悲しみに満ちた目を向けて言った。

「夫は、下杉藩の京屋敷に行ったに違いございません。いなくなったことに気付いてすぐあとを追って行った時は、門番に知らぬと言われて追い返されましたが、あの時夫は、中にいたのです。わたくしが目を離さなければ、こんなことには」

悔しさに身体を震わせるおのぶに、信平が言う。

「自分を責めてはならぬ。錦織殿は、そなたが止めても、藩の者を止めに行ったはずじゃ。その忠義の者を無残に殺めた者を、麿は決して許さぬ」

おのぶは、畳に額をつけるようにして頭を下げた。

「信平様、わたしが下杉藩の屋敷を調べてまいります」

お初が名乗り出たが、信平は止めた。

「屋敷は守りを固めているはずじゃ。一人では危ない」

「いえ、大丈夫です」

お初が行こうとした時、廊下に鈴蔵が現れて止めた。

「屋根裏に潜むより、良い手がございます」

「出しゃばるな」

お初が怒ったが、鈴蔵は引かなかった。

「まあそう言わずに、ついてきてください。堂々と屋敷の中に入れるよう、手筈を整えてご覧にいれますから」

「鈴蔵、何をするつもりじゃ」

善衛門が訊くと、鈴蔵は指で鼻をこすった。

「大名家に顔がきく口入れ屋を知っておりますので、中に入る手立てがないか、頼んでみます」

「その者、信用できるのであろうな」

「先日殿様にお渡しした帳面に書いていたことは、その口入れ屋で仕入れたものでございます」

「なるほど、さようであったか。その者の口ききでうまくことが運べば、堂々と入れるな。どうじゃ、お初」

善衛門が問うと、お初は鈴蔵を睨むようにして言った。

「ほんとうに、入れるのでしょうね」

「おまかせください。さ、まいりましょう」

「どこの口入れ屋に行くのか心配だ。おれも行く」

五味が言うと、お初は拒んだ。

「他にすることがあるでしょう」

「いや、でも……」

「いいから」

お初は五味に背中を向け、鈴蔵と共に寺を出た。

七

その頃の江戸は、もう何日も雨が降らず、町では埃《ほこり》が風に舞い上がり、暑さがより一層厳しくなっていた。

松姫の父、紀州藩主徳川頼宣から急ぎの用を命じられた戸田外記《とだげき》は、駕籠を雇い、赤坂御門を出て青山《あおやま》に向かっていた。

もう少しで信平の屋敷という時に、門から栗毛色の馬に跨がった中井春房が出てきた。

「中井殿！」

馬を馳せてきた中井に駕籠の中から声をかけると、中井は馬の足をゆるめ、おぬしか、という顔をした。

中井は、旅支度をしている。

「何かあったのか」

戸田が訊いたが、

「すまぬ、急いでいるのだ」

中井は素っ気なく言うと、馬を走らせて行ってしまった。

「なんじゃ、血相を変えて」

首をかしげた戸田は、足を止めていた駕籠かきに行くよう命じた。

もうすぐ信平の屋敷の門前という所に差しかかった時に、門番に送られて、付き人を連れた老爺《ろうや》が出てきた。

「おや、あれは昆陽《こんよう》先生では」

紀州藩の奥医師である渋川《しぶかわ》昆陽ではないかと思いつつ、戸田が駕籠の中から見ていると、昆陽は、少し歩んだところで道端にへたり込んだ。付き人が、先生、と声をあげたので、戸田は駕籠を止めた。

駕籠かきが草履を用意するのも待たずに駕籠から降り、昆陽のもとへ駆け寄る。

「昆陽先生、いかがなされました」

戸田の声に振り向いた付き人が、戸田様です、と昆陽に言って、戸田に頭を下げると、場を譲った。

戸田に背を向けていた昆陽は、慌てて涙を拭っているように見えた。

「先生？」

「なんでもござらぬ、なんでもござらぬよ」

昆陽は立ち上がってそう言ったが、浮かぬ顔をしている。

戸田が心配していると、

「わしをここで見たこと、紀州様には言わぬと約束してくれ、このとおりじゃ」

昆陽が深刻な顔で、手を合わせて頼んだ。

「ど、どうされたのです。まさか、松姫様に何かございましたか。先生が来られるということは、そうなのですね」

昆陽は、困ったような顔をした。

「軽い暑気当たりじゃ」

そう言ったが、目に落ち着きがない。

「まことでございましょうな」

戸田が探ると、昆陽が厳しい目を向けてきた。

「何ごとも、まずは信平様に知らせてからじゃ。紀州様にはわしから話す。それまで決して、言うてはならぬぞ」

「しかし……」

「よいな、よいな、戸田殿」

昆陽に念を押されて、戸田はしぶしぶ承諾した。

「言わぬと、約束してくれ」

「分かりました。誰にも申しませぬ」

戸田がはっきり言うと、ようやく安堵の顔をした昆陽は、付き人を連れて帰っていった。

見えなくなるまでその場から動かなかった戸田は、松姫を案じて門を見上げた。

「先生が姫様のもとへ来られたことを殿に申し上げれば、ご心配されて大騒ぎになるであろうな。はっきり分からぬことは、黙っているのが得策やもしれぬ」

戸田は独り言ちると、頼宣には黙っていると決めて駕籠に戻った。

第五話　宮中の華

一

「信平に勘付かれたのか」

嵯峨は、下座に正座している藤原に歩み寄り、怒気を込めた目で見下ろした。

「どうなのじゃ」

藤原は渋い顔で応じる。

「錦織という者が現れたのが、誤算でございました」

「お前がもたもたしておるからじゃ。何ゆえ早う始末しなかった」

「信平に対する将軍家の信頼は厚うございます。その信平を殺せば、阿部豊後守と松平伊豆守に加え、紀州徳川家までもが軍勢を率いて上洛する恐れがありますゆえ、こちらの支度を整えるのが先決と考えたのです」

「気付いたからには、信平も手を打ってこよう。どうするつもりじゃ」

「動いたところで、信平の手勢は、所司代の配下を集めても二百名にも達しますまい。我らの支度が整い、ことを起こす前には、それがしが信平を始末いたします」

「ならばよい。わらわはここで、良い知らせを待っておるぞ」

「いえ、嵯峨様には、これより下杉藩の屋敷へ移っていただきます」

「何ゆえじゃ」

「ここは、守るにはあまりにも貧弱。念のためにございます」

「勝幸殿は、いつ来られるのじゃ」

「今日明日にも」

嵯峨は妖艶な笑みを浮かべ、藤原を見つめた。

「分かった。そなたの言うとおりにいたそう」

「はは。では、お支度を」

嵯峨が離宮ともいえる壮麗な屋敷を出る支度にかかった頃、鈴蔵とお初は、島原大門前の西成屋を訪れていた。

　奔次郎は、大名屋敷の下働きを紹介してくれと言ってきた鈴蔵を手招きして、座敷の奥の襖《ふすま》の陰に連れて行った。

「鈴蔵はん、なんでよりにもよって、下杉藩なんどす。大名家は、他にもぎょうさんありますやろ」

「さすがの西成屋でも、顔がきかない大名家があったのだな」

「馬鹿にしてますのか。この京で、あての知らん大名家がありますかいな」

「だったら、紹介してくれ」

「せやから、なんで下杉藩かて、訊いてますのや」

「何か、都合が悪いことでもあるのか」

「下女中なんぞより、もっとええ仕事がありまっせ」

　奔次郎は首を伸ばして、店の座敷に座っているお初を覗き見た。

「気が強そうやけど、ほんまにべっぴんさんやなぁ。武家屋敷の下働きにするのはもったいない」

　お初がじろりと目を向けたので、奔次郎は笑顔を作って会釈をして、首を引っ込めた。

「どこで見つけてきはったんや」

「それは教えられん」

「まあよろしいけど、どうせ奉公するなら、下女中やのうて、料亭か旅籠《はたご》の仲居のほうがよろしおます。あの器量やったら、どこぞの大店のだんさんの目に止まって、良縁に恵まれるかも。どうどす」

鈴蔵は、手をひらひらとやった。

「黙って世話をしてくれ。頼む」

「その前に、あの話はどうなったんや」

「なんのことだ？」

「また惚《とぼ》けて。鷹司松平様の家来には、なれたんどすか」

「そのことか。なったとも、家来の家来だがな」

「は？」

「だから、信平様の家来の、家来になったのだ」

「そ、それじゃ、あの人は」

奔次郎がお初のことを訊くので、鈴蔵は手を合わせた。

「この京のためにすることだとしか言えない。黙って手を貸してくれ」

「京のため」

奔次郎が真顔になった。

「ほんまに、京のためどすか」

「ああ、そうだとも」

「なんや知らんけど、それやったら、一肌脱がんわけにはいきまへんな。よろしゅおます。あてにまかしておくれやす。宗治《そうじ》、宗治！」

奔次郎が名を呼ぶと、お初の後ろから座敷に上がった番頭が奥へ来た。

「出かけてくるさかい、店を頼む」

「どちらへお出かけどすか」

「そんなん訊かんとき、人助けや。さ、鈴蔵はん、行きまひょか」

奔次郎がお初のところに出てきて、

「あ、そうや。まだあんさんの名を訊いてなかったな」

指を差して言うので、お初は名を告げた。

「お初です」

「お初はんどすか。ええ名やな。ほな、行きまひょ」

雪駄を引っかけていそいそと出かける奔次郎の背中を見て、お初が鈴蔵に顔を向けた。

「ほんとうに、うまくいくのか」

小声で訊くと、鈴蔵が自信をもった顔でうなずくので、お初は奔次郎を追って出た。

出水通に入った奔次郎は、下杉藩の屋敷の裏門に行くと、腰を折って笑みを作り、門番に歩み寄った。

「西成屋か、待っておれ」

顔を見るなり門番が言い、中に入った。

相当顔がきくと見たお初は、奔次郎が怪しい者を連れてきたと言うのではないかと思い、鈴蔵に確かめようとしたが、先ほどまで一緒にいたはずの鈴蔵が、いつの間にか姿を消していた。

お初は緊張した。

門へ顔を戻すと、もう一人の門番が舐めるような目で見ていたので、お初は愛想笑いをして頭を下げてやった。

すると門番が、よしよし、という顔をするので、お初は胸のうちで舌打ちをした。

程なく出てきた門番に続いて、大年増《おおどしま》の女が出てきた。

奔次郎が、おたねはん、と名を呼び、親しそうに話している。

話を聞きながら、おたねがお初を見て、難しそうな顔をしている。

やはり警戒が厳しい、と、お初が思っていると、奔次郎が手招きした。

「あんさん、運が良かった。丁度人手が欲しかったそうでっせ」

「お初と申します。よろしくお願いします」

お初がしおらしく頭を下げると、おたねは厳しい顔で言う。

「今から働いておくれ。急な客でてんてこ舞いだったから、助かるよ」

奔次郎のおかげで、お初はすんなり中に入ることができた。しかし、足を踏み入れたお初を待っていたのは、気の遠くなるような下働きだ。

台所に入ったおたねは、その場を取り仕切っていた武家の女の前にお初を連れて行き、「留守居役様の奥方様です。ごあいさつなさい」

と言って頭を下げさせると、西成屋が雇ってくれと頼んできたと伝えた。

忙しく指図をしていた女は、お初を一瞥しただけで承諾し、すぐ仕事にかかれと命じた。

台所には三人の下女がいて、京屋敷詰めの藩士の妻と思《おぼ》しき女たちと共に、食事の支度に大忙しのようだった。

「お初、瓶《かめ》に水をためなさい。急いで」

留守居役の妻に命じられて、お初は内井戸の水を汲み上げ、大瓶に移した。それが終われば野菜を洗って切り、大鍋の煮物を器に盛り、炊《た》き立ての米でむすびを作った。

他の女たちが俵《たわら》むすびを作っていたので、お初もそれを真似る。

怪しまれぬように黙々と仕事をしていたのだが、お初は、用意される食事の量の多さに、気を引き締めた。

大名家の京屋敷は、江戸や大坂と違って重要性が低いために、詰める藩士の人数も少なく、留守居役の身分も低いのが通常だ。

しかし今お初が手伝っている食事の量は、数百人分はある。

やはり、信平様の睨んだとおり、下杉藩はなんらかのことを起こそうとしている。

そう確信したお初は、出来上がった食事を運ぶ時を待った。

だが、留守居役の妻は、下女たちに食事を運ばせることはなく台所に止め置くと、

「決して、表に出てはならぬ」

厳しく命じて、六畳ほどの板の間に押し込めた。

京屋敷に奉公して三年になるという丸顔の下女が、

「こんなの、初めてや。何かあったんやろか」

奥方の厳しい態度に、戸惑いを隠さず言う。

小柄で肌の色が浅黒い下女が、自分たちの分に取っておいたむすびを食べながら、

「昨日から大勢の人が来はっているようやけど」

と言うと、若い下女が、声を潜めた。

「うちな、聞いてしもうたんや。近いうちに、殿様がおいでなはるんやて」

「それほんまか」

丸顔の下女が驚いた。

「ほんまや」

「そらおおごとや」

下女たちの話を黙って聞いていたお初は、思いきって声をかけた。

「あの、訊いてもいいですか」

すると、三人がしゃべるのをやめて顔を向けてきた。

「昨日の朝、ここで何かありましたか」

「何かって、何？」

若い下女に訊かれて、お初は声を潜めた。

「実は昨日、表の道を歩いていた時に、男の人の悲鳴を聞いたんだけど」

「ああ、それやったら、剣術の稽古の声やないやろか」

若い下女が答えると、丸顔の下女が続く。

「奥方様も、そのようなこと言うてはったな」

「それが、どないかしたん」

浅黒い下女が訊くと、他の下女もお初を見てきた。

「いえ、ただ、あまりに恐ろしい声だったから」

「うちらは、そんな声聞いてへんなぁ」

「台所で忙しゅうしてたからやないやろか」

「そやそや」

下女たちはそう言い合うと、丸顔の下女が、そや、と思い出したように、お初を見てきた。

「まだ名を聞いてへんかったな」

「お初です」

「うちはせつや。よろしゅう頼みます」

浅黒い下女がなみ、若い下女がやえと名乗った。

三人は京の生まれで、貧しい親を助けるために奉公に来ているという。

下杉藩とは関わりが浅く、お初のことを疑う様子もない。

外が暗くなった頃におたねが部屋に来て片づけをすると言うので、お初は三人と共に台所に出た。

すると、奥方と一緒に、壮年の男がいた。

「旦那様」

と言って、下女たちが板の間に座って頭を下げたので、お初も三人に倣って頭を下げた。

酒に酔って赤い顔をしている男は、留守居役の笹田だ。

笹田はお初を見て、あれか、という仕草を奥方にした。

奥方がうなずくと、笹田が目を細めて歩み、お初の前に立つ。

「おい、女、面を上げい」

お初が床に顔を向けたまま頭を上げると、笹田は片膝をついて、お初の顎をつまんで顔を上げさせた。

「下女にしては、良い面構えをしておる。言葉が違うそうじゃが、里はどこじゃ」

「生まれは関東ですが、浪人の父に連れられて、諸国を渡り歩いておりました。その父が他界しましたので、京に来て奉公先を探しておりましたところ、西成屋さんにこちらを紹介していただきました」

「うむ、さようか。それは、難儀であったの」

笹田はお初の嘘を信じたらしく、奥方に、よう面倒をみてやれと言い、酒を用意させて表に帰った。

奥方が言いつける。

「片づけが終わったら、あとはよいのでお休みなさい。くれぐれも言うておきますが、決して表に出てはなりませんよ」

お初と下女たちが返事をすると、奥方は自ら酒を表に運んだ。

お初は下女たちと片づけを終えて、ふたたび部屋に戻った。

「この調子やと、明日も忙しいやろな」

おせつが言うと、おやえが疲れたと言って、大あくびをした。

「お茶を淹れましょう」

お初は台所に行き、四人分のお茶を淹れたのだが、帯から眠り薬の紙包みを出して、下女たちの分に入れた。

下女たちはそうとは知らずにお茶を飲み、寝床に入った。

これで、少々の物音では目をさまさない。

お初は、まんじりともせず寝床で横になっていたのだが、頃合を見て起き上がった。

屋敷の様子を探ったが、皆眠っているらしく、静まり返っている。

お初は廊下を歩み、表に向かった。

京屋敷にしては広く、廊下が長い。

表に行くと、障子が開けはなたれた部屋から、無数のいびきが聞こえていた。

お初は細心の注意を払って廊下を進む。すると、大部屋で大勢の者が雑魚寝《ざこね》をしていた。

足を止めたお初は、手前に眠っている男の寝顔を見た。月代《さかやき》を整えている男は、藩士に違いない。

藩士たちが国許から集まっている。

そう確信したお初は、さらに屋敷内を調べた。

庭には陣幕が張られ、槍《やり》や弓が用意されている。

京屋敷に武具を揃え、人も集まっているのを知り、

「これは、戦支度《いくさじたく》」

お初は、そう確信した。

もっと探らねばと思っていると、松明《たいまつ》の明かりが見えたので、陣幕の中に駆け込み、長持の陰に身を隠した。

陣幕の外を松明の明かりが進み、表門のほうへ去った。夜通し、屋敷の周囲を警戒しているのだ。

その時、外で声がしたので、お初は陣幕の隙間から見た。

屋敷の廊下に人影がある。

手燭の明かりに浮かぶ顔は、笹田だった。

その背後から出てきた者に、笹田が命じる。

「もうすぐお着きになる。皆を起こせ」

「はは」

お初はまずいと思った。あの大人数が起き出せば、庭に逃げ場はない。

二人が廊下から去ると、お初は陣幕から出た。

白州を踏まぬようにほとりを走り、土蔵のあいだを抜けて裏に行くと、下女たちが眠る部屋に戻った。

寝床の中で耳をすましていると、屋敷の中がにわかに騒がしくなった。

お初は、当然自分たちも起こされると思い、下女たちの寝顔を見回した。薬が効いているので、なかなか起きないだろう。

今のうちに起こしておくべきか迷っていたが、下女たちを起こしに来る気配はない。

しばらく様子をうかがっていたお初は、思いきって外に出てみた。

あたりを警戒しながら表門が見える所に行くと、門内に篝火を焚《た》き、裃《かみしも》を着けた侍たちが整列している。

門番によって表門が開けられると、程なくして、白い着物を着た者たちに担がれた、朱色の輿《こし》が入ってきた。屋根からは御簾《みす》が下ろされていて、中の人物は見えない。

裃を着けた侍たちが地べたに平伏するあいだを、輿はゆっくりと進む。その輿の横に付き添っていた男が立ち止まり、鋭い目をあたりに配った。

「藤原殿、いかがされた」

出迎えていた笹田が訊くが、藤原は答えずに、あたりの気配を探っている。

藤原と聞き、お初は自分の気配に気付かれたと思い、帯に忍ばせている小太刀に手を掛けた。

様子を探っている藤原に、

「守りは万全ですぞ」

笹田が言うと、これまで感じていた殺気が消えた。

「気のせいか」

藤原はそう言うと、輿を担ぐ者に進むよう促す。

お初は気を引き締めて、下女たちが眠る部屋に戻った。

二

鈴蔵がお初に会ったのは、二日後の朝だ。

野菜を届ける百姓に化けて屋敷に入り、忙しく働くお初に目配せをして裏へ誘い出すことに成功すると、

「殿様にお知らせすることがありますか」

土で汚した顔に、憎めない笑みを浮かべた。

鈴蔵が繋ぎを取りに来るとは思っていなかったお初は、周囲を見回し、調べたことを伝えた。

お初の口から出る情報を丸暗記した鈴蔵は、野菜を渡して去り、信平の屋敷へ駆け込んだ。

居室にいる信平の前に出た鈴蔵は、お初から聞いたとおりのことをしゃべった。

それによると、下杉藩の京屋敷には、町人や旅の僧に化けた藩士が続々と集まっており、少なくとも八百から千人はいるという。そして、一昨日の夜遅く、藤原に付き添われて嵯峨という女人が入り、翌朝まだ暗いうちに、藩主勝幸が密かに入っていた。

話を聞いた信平は、嵯峨という女人が、沢子の娘に違いあるまいと思った。

「鈴蔵、ご苦労であった。下がって休め」

「はは」

鈴蔵を見送った善衛門が、難しい顔を信平に向けた。

「殿、いかがなさいます。ただちに所司代殿に知らせて屋敷を囲みますか」

「相手は多勢じゃ。所司代殿の手勢が囲めば、戦になる」

「しかし、遅れを取って禁裏を囲まれては一大事ですぞ」

善衛門の言うとおりだ。

京を荒らしていた連中が下杉藩と絡んでいるなら、下杉藩が動くと同時に、大人しくなるはず。そうなれば、朝廷は下杉藩を頼り、幕府の威光は落ちる。

そう考えた信平は、この時になってようやく気付いた。

「麿が京に遣わされたのは、そういうことであったか」

ぼそりと言うと、善衛門が眉間に皺を寄せた。

「なんのことでござる」

「下杉藩には、後水尾法皇様の娘がついておる。朝廷に認められておらぬゆえ皇女ではないが、皇族の血を引くことに変わりはない。そのお方が頼る下杉藩を討てば、どうなる」

善衛門は渋い顔で考え、口を開いた。

「もしも法皇様の姫君が命を落とされるような事態になれば、徳川にとっては良いことではありませぬな」

「所司代殿は、そのことに気付いていたのではないか」

信平の推測に、善衛門が驚いて目を見張った。

「殿に名代を頼むと申されたのは、殿が鷹司家の血を引くお方ゆえにござるか」

「所司代殿も、なかなかの狸《たぬき》じゃ」

信平は、狐丸をにぎった。

「錦織殿と、おのぶ殿との約束を果たしにまいる」

「下杉藩の屋敷ですな。ならば、それがしもお供を」

善衛門が立ち上がると、佐吉も続いて立った。

信平は二人に告げる。

「生きて戻れぬやもしれぬぞ」

「望むところにござる」

善衛門が愛刀左門字《さもんじ》を腰に差し、佐吉が大太刀を肩に担いだ。

「我ら三人で、京に垂れ込める黒い雲を吹き飛ばしてやりましょうぞ」

意気込む佐吉の背後に、五味が歩み寄る。

「それがしを忘れてもろうては困りますよ。お初殿を迎えに行きましょう」

五味はそう言うと、おかめ顔をたたいて気合を込めた。

「では、まいろうぞ」

信平が皆と共に表門に行くと、編笠を着け、灰色の小袖に同じ色の野袴を着けた者が、柱にもたれかかって座っていた。

「師匠」

一目で気付いた信平が声をかけると、道謙がやおら立ち上がった。

「やれやれ、やっと出てきおったか。訪《おとな》いを入れても誰も出てこぬから、待っておったのじゃぞ。門番くらい、雇わぬか」

信平は頭を下げた。

「お待たせして申しわけございませぬ」

「ご無礼をいたしました。拙者、葉山善衛門と申します」

善衛門が名乗り出ると、道謙は目を細めた。

「弟子が、世話になる」

「とんでもないことです。我らこそ、殿に世話になっておりまする」

「ほおう、弟子がのう」

道謙は今知った言いぐさをして、佐吉と五味に目を向ける。

二人が頭を下げると、道謙は善衛門に徳利《とっくり》を差し出した。

「伏見の酒じゃ」

「ありがたく頂戴いたします」

善衛門が恐縮して受け取ると、道謙は信平の前に歩み寄った。

「その顔つきは、誰ぞを討ちに行くのだな」

信平が驚いた顔を上げると、道謙が表情を厳しくする。

「誰を討つ。藤原か、それとも沢子殿の子か」

「藤原を討ち果たし、嵯峨様と下杉藩の企てを止めにまいります」

「ならば丁度良い。わしもそのことで、お前に会いに来たのじゃ」

信平が問う顔を向けると、道謙が近づいて小声で告げる。

「たった今、法皇様に会うて来たところじゃ」

信平は目を見張った。

「なんとおっしゃいます」

「そう驚くな。いろいろと分かったことがあるゆえ、わしが行かねばなるまい。藤原を討ちに行くと申したが、居場所は分かっておるのか」

「はい。嵯峨様と、下杉藩の屋敷におります」

「うむ。ではまいろう」

「はは」

素直に応じる信平に、善衛門や佐吉たちは目を合わせて不思議そうな顔をしていたが、置いて行かれてはならぬとばかりに、急いであとに続く。

先に立って町中を歩く信平に、道謙が言う。

「正面から堂々と行くとは、お前も豪胆《ごうたん》よの」

「戦支度を終えて出られては、禁裏を守れませぬゆえ」

「お前一人にことをまかせて、公儀の者どもは江戸の田舎で見物か」

「御公儀が兵を率いて動けば、京が戦場になります」

「相手の人数は」

「およそ、一千はおろうかと」

道謙は足を止めた。

「信平、死ぬ気か」

足を止めて振り向いた信平は、微笑む。

「そのつもりはございませぬ」

道謙はじっと目を見据えて横に並ぶ。

「相手が多すぎる。正面から乗り込めば、嵯峨と下杉藩主に会う前に潰されてしまうぞ」

「では、いかがすればよろしいでしょうか」

「嵯峨と藩主に、交渉をしたいと申し出よ」

「聞き入れるとは思えませぬ」

「それでもよい。どこぞの寺で待ち、向こうから足を運ばせるのじゃ」

「軍勢を率いてくれれば、こちらに勝ち目はございませぬ」

「法皇様が来ていると伝えよ。さすれば、手荒な真似はせぬ」

飄々《ひょうひょう》と告げる道謙に、信平は戸惑った。

「法皇様の名を騙るなど、麿にはできませぬ」

すると道謙が、怒気を浮かべた。

「わしが許すと申しておるのじゃ。言われたとおりにせい」

「それは、どういうことですか」

「あとで分かる」

信平は道謙の目を見ていたが、頭を下げた。

「師匠の仰せのままにいたしまする」

「うむ。ならば、下杉藩の屋敷に近い場所が良い。明聖寺《みょうせいじ》にまいろう」

道謙は決めてしまうと、先頭に立って歩みを進めた。

その健脚ぶりは以前とまったく変わらず、若い者が小走りをせねば遅れるほどである。

信平は弟子だけあり、涼しげな顔をして付いて行く。

明聖寺は、仙台藩《せんだいはん》の京屋敷を過ぎた所にあり、出水通にある下杉藩の屋敷からは、半里ほどだろうか。

瓦葺《かわらぶ》きの山門の前まで行くと、道謙が掃き掃除をしていた寺小姓《てらこしよう》に声をかけた。

「これ、千喘和尚《せんぜんおしよう》はおるか」

「へえ、おられます」

「道謙が、ちと世話になると言うてまいれ」

「道謙様」

若い寺小姓は復唱して、お待ちくださいと言って境内《けいだい》を走った。

「さ、まいろう」

道謙が返事も待たずに山門を潜り、広々とした境内を歩んで本堂に向かって行くので、信平たちもそれに続いた。

本堂に続く石畳を歩いていると、右手に小石を敷き詰めた四角い広場があるのが見えてきた。

信平がなんとなく顔を向けていると、道謙が教えた。

「ここはかつて、宝蔵院流《ほうぞういんりゆう》を遣う僧が修行をした寺じゃ。戦国の世では、名のある武将たちが、僧を相手に稽古をしたという」

「ははぁ」

感心の声をあげたのは、五味である。

剣術はからきしだが、棒を持たせると天下無双の強さを見せるだけに、道謙の話に興味を示した。掃き清められた稽古場に足を踏み入れようとした刹那、

「こりゃぁ！」

という、大音声《だいおんじょう》の一喝《いっかつ》が飛び、五味は尻餅をついた。

声がしたほうを見れば、黒い紗《しゃ》の法衣《ほうえ》を纏った老僧が、顔と頭を真っ赤にして、恐ろしい形相で五味を見ていた。

「そこに足を踏み入れることはまかりならぬ。札が目に入らぬか」

老僧に怒鳴られて、五味は初めて気付いた。どうやら、戦国武将たちが汗を流したこの広場を、寺の宝として守っているらしい。

「深くお詫び申し上げます！」

五味が両手をついて詫びると、老僧は別人のように柔和な表情になり、目を開けているのかつむっているのか分からぬ顔で許すと、道謙に向く。

道謙が渋い顔で歩み寄る。

「千喘、久しく見ぬうちに、ずいぶん老けたのう」

「道謙様こそ」

二人はそう言い合うと、笑みを交わした。

道謙は真顔になり、改めて言う。

「ちと、寺を借りる」

「はい」

「山門を閉めてくれ」

「厄介ごとのようですな」

「うむ。寺が焼けるかもしれぬ」

「ほほ、それは、それは」

本気と思っていないのか、それとも肝が据わっているのか、千喘和尚は動じることなく、道謙と信平たちを招き入れた。

本堂に案内された信平は、そこで書状をしたため、寺小姓を遣わして勝幸に送った。

善衛門が、落ち着かない様子で言う。

「殿の誘いに、応じてきましょうか」

「あとは、待つだけじゃ」

道謙はそう言うと、目を閉じて瞑想《めいそう》に入った。

静まり返る本堂の中で、信平たちは、勝幸からの返事を待ち続けた。寺小姓が帰ってきたのは、日が沈み、京に夜のとばりが下りた頃だった。

息を切らせて本堂に入った寺小姓に、千嘗がどうであったかと訊くと、寺小姓は何も言わずに頭を下げ、ぶるぶると震えはじめるではないか。

「どうしたのじゃ」

問いただそうとした千嘗が、じろりと、境内に目を向ける。

「道謙様、何やら、怪しげな者どもが来ておるようですぞ」

道謙が目をかっと見開いた。

「信平！」

道謙が大音声で言うのと、信平が身を転じるのが同時だった。

狩衣の袖を振るって狐丸を抜刀した信平は、外障子を突き抜けてきた弓矢を斬り飛ばした。

他の矢は、善衛門たちの頭上を飛び、本堂の柱に突き刺さる。その矢先は、めらめらと火が燃えていた。

火矢はそれ一本だけで、脅しのために射られたものだった。

信平は、五味が羽織を脱いでたたき消しているのを尻目に本堂の障子を開け、外に出た。すると、境内に黒装束の曲者が弓を構え、その後ろに藤原が立っていた。

信平は、その者たちの背後に鋭い目を向けた。

下杉藩の家紋である花菱の高ちょうちんを掲げた者どもが、山門から寺の中へなだれ込んできたからだ。

三

明聖寺は、およそ千人もの下杉藩士に囲まれていた。

信平は、甲冑《かっちゅう》を着けた藩士たちが持つ高ちょうちんに照らされた境内を見回し、ゆっくりと本堂から下りて藤原の前に進む。

槍を構えた藩士たちが行く手を塞ぎ、藤原が勝ち誇った顔で信平に告げる。

「法皇様がこの寺にいるなどと、見え透いた嘘をついたのが貴様の運のつき。これより貴様を成敗《せいばい》し、寺に火を放つ」

「何ゆえ、嘘だと思うのじゃ」

信平が問うと、藤原の目が鋭くなった。

「法皇様が、このような寺に下向《げこう》されるはずがない」

信平が動じず黙っていると、藤原が本堂へ目を向けた。

「まさか、来ておられるのか」

「書状のとおりじゃ。嵯峨様は、どこにおられる」

藤原は、信平の背後にいる善衛門たちを警戒したが、右手を上げて振り、配下の者に指図をした。

すると、弓を引いて信平に狙いを付けていた藤原の配下が、力をゆるめて矢を外し、山門に走って行く。

配下の者が藤原の指示を伝えると、藩士が山門の外にちょうちんを振り、合図を出した。同時に、山門のそばで槍を構えていた藩士たちが左右に分かれて道を空け、鉄砲隊が入ってきた。

十名ほどの鉄砲隊は槍隊の前に出て、信平たちに銃口を向ける。

焦った五味が佐吉に言った。

「こいつは、やばいぞ」

佐吉は返事をせず、落ち着いた顔つきで敵の動きを見ていたが、

「どうやら、おいでなすったようだ」

五味にそう告げると、敵を睨んだ。

槍隊が整然と並ぶ先にある山門に、騎馬武者が現れた。

赤い生地に金糸の模様が美しい陣羽織《じんばおり》を着け、燃えるように赤い甲冑を纏っているのは、藩主勝幸だ。

悠然と馬に跨がる勝幸のあとから、御簾を下ろした朱色の輿が入ってくる。白い着物を着た者たちが担ぐのは、嵯峨を乗せた輿だ。

勝幸と嵯峨は、槍隊に守られながら境内を進み、信平の前に来た。

信平のことを馬上から見下ろした勝幸が馬を止めると、槍隊が前に出て構え、守りを固める。

すぐさま、勝幸のそばに付き添っていた家来が信平の前に歩み出て、油断のない顔で軽く頭を下げた。

「下杉藩国家老、沖本忠之にござる」

「うむ」

「嵯峨様が、法皇様に会われるそうです。案内をお頼み申す」

「ここにはおられぬ」

信平が言うと、沖本が鋭い目を上げ、馬上の勝幸が声を荒らげた。

「おのれ、我らを謀ったか」

槍隊が信平を囲んだ。

藤原が刀に手を掛けた時、恐ろしい形相を本堂に転じた。そして、本堂から現れた老翁に気付くと、目を見開いた。

「道謙、殿」

「久しぶりじゃの、藤原」

道謙の口ぶりに信平は驚いた。やはり二人は、互いを知る仲だったのかと思ったのだ。

「じじい、何者じゃ！」

勝幸が声を荒らげたが、

「黙れ！」

道謙の一喝に息を呑み、馬も怯えて下がった。

鉄砲隊が信平から道謙に狙いを転じた時、本堂の障子が一斉に開けはなたれ、槍を持った僧たちが現れた。

数十名はおろうかという僧たちが本堂を駆け下り、下杉藩の者たちに対抗する構えを見せた。

ゆるりとした足取りで現れた千喘和尚が、ふてぶてしいほどに落ち着いた態度で言う。

「物騒なことは、およしなさい。年寄りが言うことには、耳をかたむけてみるものじゃぞ」

僧たちは、鉄砲を前に臆することなく、槍を構えている。

鉄砲隊の頭は鋭い目を向け、今にも手を振り下ろして射撃を命じそうだ。

「やめよ」

女の声に応じて、鉄砲隊は構えを解いて下がった。

止めたのは、嵯峨である。

輿を下ろすよう命じた嵯峨は、自ら御簾を上げて降りた。

「道謙とやら、言いたいことがあらば申せ」

道謙は、美しい嵯峨に目を細めてうなずき、藤原に鋭い視線を向ける。すると藤原は、目をそらしてうつむいた。

道謙は信平の横に並び、藤原に言う。

「藤原、おぬし、嵯峨殿の乳母がこの世を去った時、法皇様から嵯峨殿のもとへ行けと言われたのであろう」

「知らぬ」

「惚けても無駄じゃ。わしは、法皇様からこの耳で聞いておる。おぬしがどのようにして嵯峨殿と親密になったかは、この際訊くまい。じゃが、法皇様の命に背き、嵯峨殿にこのような真似をさせたのは、何ゆえじゃ。己の手に、天下をにぎるためか」

「藤原、どういうことじゃ。この者は何を申しておるのじゃ」

嵯峨に問われて、藤原は目を泳がせた。

道謙が言う。

「乳母がこの世を去った時に法皇様が命じたことを、おぬしの口から、嵯峨殿に教えてやるがよい」

「知らぬ」

嵯峨が苛立った表情をした。

「藤原、申せ。法皇様は、お前に何を命じられたのじゃ」

藤原は片膝をついた。

「嵯峨様、このような輩の申すことに振り回されてはなりませぬ。それがしは、法皇様とは関わりござらぬ」

嵯峨が道謙に目を向ける。

道謙は応じた。

「おぬしが言わぬなら、わしが教えてやろう」

「黙れ！」

藤原が叫んで和泉守正親を抜刀し、道謙に襲いかかった。

「てぇい！」

気合と共に打ち下ろされた一刀を、道謙は顔色ひとつ変えず紙一重でかわす。

返す刀で斬り上げた藤原の太刀筋を見切った道謙は、身軽に飛びすさった。

藤原が迫ったが、すぅっと足を運ぶ道謙は、信平の背後に回った。

迫る藤原が打ち下ろした太刀を、信平が狐丸で弾き上げる。

藤原は一歩退き、正眼に構えた。

「やめよ、藤原」

嵯峨が言うと、藤原が一瞥し、信平を睨む。悔しげに顔を歪めている。

藤原の心中を察した配下が信平に弓を引いたが、善衛門が咄嗟に小柄を放ち、手首を貫いた。

別の配下が善衛門に弓を射たのを左門字で斬り飛ばして前に走ると、次を番えようとした敵の弓の弦《つる》を切った。

三人目の配下が、信平の背中に弓を放とうとしたが、佐吉が投げた脇差に足を貫かれ、悲鳴をあげて倒れた。

藩主勝幸は躊躇っている。

それを見た国家老が、信平に向かって馬の鞭《むち》を振るった。

「かかれ！」

応じた兵が襲いかかろうとしたが、僧たちが立ちはだかった。

五味も僧にまじり、槍を構えている。槍を持てば人が変わったようになる五味が、若い僧から借りた長槍を頭上で回し、兵たちを押し戻した。

その背後では、丸腰の道謙を狙う藤原と、信平が対峙している。

「道謙様を斬ろうとするのは、嵯峨様に聞かれてはならぬことがある現れ。己の野望のために京を戦の炎に包もうとたくらみ、罪なき者を殺した貴様を許さぬ」

信平は、狐丸を峰《みね》に返さずに構えている。

それを見た藤原が、嬉々《きき》とした目をした。

「おもしろい。江戸での決着を、ここでつけてくれる」

藤原は太刀を脇構えに転じると、一拍の間を置いて猛然と前に出た。

裂帛《れっぱく》の気合と共に太刀を振るう。

その凄まじい太刀筋に応じて、信平は狐丸で受けた。

江戸での戦いでは、剣を受け止めた時に藤原の激しい体当たりを食らい、信平は身体を飛ばされた。

だが、狐丸の峰で受け止めるのではなく、刃で受け流した信平は、身体を回転させて藤原の体当たりをかわした。

狩衣の袖が華麗に舞い、信平が藤原と行き違った時、両者は背中を向けて止まった。

信平の右手ににぎられた狐丸が、ちょうちんの明かりに妖しく光る。

その背後で藤原は呻き声をあげ、地に膝をついた。

「お、おのれ、またしても」

信平は、藤原に致命傷を与えず、右膝の筋を断ち切っていたのだ。

藤原は、太刀の切っ先を地面に突き立てて立ち上がり、前に出ようとしたのだが、膝から崩れるように倒れた。

僧たちが兵を押し返したところで勝幸が止め、僧と兵が対峙する形になった。

「勝負はついた。藤原、あきらめよ」

道謙が言い、嵯峨に顔を向ける。

「嵯峨殿、よう聞け。法皇様は、そなたが徳川を恨んでいると知り、その恨みを己に向けるよう仕向けよと、この藤原に命じて近づけさせたのじゃ。藤原は、乳母の縁者ではない。そなたと、そなたの母の様子を聞くために、法皇様が乳母に接触させていた忍びの者じゃ」

嵯峨が驚き、藤原を睨んだ。

「わらわを、謀ったのか」

藤原は顔を背けて黙っている。

嵯峨は目に涙を浮かべた。

「どうなのじゃ！」

「藤原、物乞い同然の暮らしをしていたおぬしを拾ってやった恩を仇《あだ》で返されたと、法皇様がご立腹じゃぞ」

道謙がそう言った途端に、藤原の顔つきが変わった。

「使える力を使ってのし上がるのが、世の常であろう」

藤原はそう言うと、痛みに耐える声を発して立ち、勝幸を睨んだ。

「のう、勝幸殿。嵯峨殿に流れる血を利用して、共に天下を取ろうぞ」

躊躇う勝幸に、藤原は声を荒らげた。

「何をしておる勝幸！　ここまできて、後戻りはできぬぞ！　こ奴らを殺せ！」

だが、勝幸は動かなかった。

勝幸が、漆黒《しっこく》に赤い日の丸が目立つ采配《さいはい》を高く上げて振り下ろすと、国家老の沖本が従った。

「退け！」

大音声に、藤原が目を見張る。

勝幸と沖本は、こうなった時のことを示し合わせていたらしい。

沖本が、馬から降りた勝幸に辛そうな顔で頭を下げ、己の馬に乗ると、山門へ駆けて行く。

組ごとに統率が行き届いている下杉藩の兵たちが速《すみ》やかに撤退する様は、見事としか言いようがない。

「待て、待たぬか」

藤原は動揺し、引き上げる兵を追おうとして転倒したが、頼みの配下は佐吉たちに取り押さえられ、もはや、手を差し伸べる者はいなかった。

「五味」

信平の声に応じた五味が、刀の捕縄《ほじょう》を解いて藤原を縛ろうと近づくと、藤原が奇声をあげて刀を振るった。

五味が驚いて下がろうとしたが、藤原が足をつかんで引き倒した。藤原は片足で立ち上がり、信平を睨む。

「わしはあきらめぬ。あきらめてたまるか！」

そう言って、五味の胸に太刀を突き入れようと振り上げた時、信平が突風のごとく走り、狐丸を抜刀して胴を払った。

藤原は目を見開き、呻き声をあげて伏し倒れた。

長い息を吐いた信平は、血振るいをして、狐丸をゆるりと納刀した。

信平にうなずいた道謙が、勝幸の前を横切り、嵯峨のもとへ歩み寄る。

呆然《ぼうぜん》と立ち尽くしていた嵯峨が、道謙を睨む。

「そちは何者じゃ。何ゆえ、法皇様から藤原のことを聞けるのじゃ」

「法皇様は、我が甥じゃ」

道謙の思わぬ言葉に、嵯峨は驚愕し、信平は目を見張った。

「殿、どういうことにござる」

善衛門が駆け寄ったが、今初めて知った信平に、答えることはできない。

絶句する嵯峨に道謙が目を細め、穏やかに言う。

「我が甥のせいで、長いあいだ苦労をかけた。しかし、そなたは大きな思い違いをしておるゆえ、わしがすべてを聞かせてやろう」

勝幸が、道謙の前にひれ伏した。

「その前に、お教えくださいませ」

「うむ」

「法皇様を甥とおっしゃったあなた様のご身分を、お聞かせ願いとう存じまする」

「わしか、わしは、あれの師匠じゃ」

信平のことを顎で示し、「ふ、ふ、ふ」と笑った。

「我が弟子も、身分低き女を母に持ったゆえ、幼い頃は鷹司家から疎《うと》まれ、遠ざけられておった。わしも、同じじゃ」

「と、おっしゃいますと」

「うむ。話せば長くなる。本堂に上がろうかの」

道謙は、僧たちが藤原の亡骸《なきがら》を運ぶのに手を合わせると、皆を本堂に促し、落ち着いたところで話をした。

それによると、道謙は、後水尾法皇の父、後陽成天皇《ごようぜいてんのう》の弟としてこの世に生を享《う》けたが、身分低き女が産んだ子であったゆえ、自分も禁裏を追い出されたという。

「それゆえ、弟子と同じと申したのじゃ」

そう述べた道謙は信平を見て、嵯峨に顔を向けて続ける。

「じゃが、嵯峨殿の場合は違うぞ。当時帝だった法皇様は、宮中の華といわれた美しい沢子殿を慕い、生まれてくるそなたを守るためにご退位を決意され、強引な幕府のやりかたに抗おうとされたのじゃ。それを知ったそなたの母は、朝廷と幕府が争い、この国が乱れることを恐れた。そして、大切に想う後水尾天皇のために、自ら身を退いたのじゃ」

嵯峨は苦しい心情を顔に出した。

「にわかには、信じられませぬ。母上は、自分を宮中から追い出した徳川を恨みながら死んでいったのです」

「沢子殿の口から、徳川に対する恨みごとを聞いたことがあるのか」

「そ、それは」

嵯峨は、目をきょろきょろと動かした。

道謙が問う。

「徳川への恨みごとは、沢子殿が身罷《みまか》られたあとに、乳母が申したのではないか」

「……………」

嵯峨は、考え込んでしまった。しばらくして、気持ちを落ち着けたような顔を上げる。

「おっしゃるとおりかもしれませぬ」

「かも、ではのうて、そうなのじゃ。乳母は、沢子殿とそなたの不遇を呪い、徳川を恨んでいたのだ。それゆえ、法皇様が差し向けた藤原に恨みごとを言い続け、幼いそなたにも、気付かぬうちに言うていたのじゃ。藤原は、大人になったそなたが下杉藩の世話になっていると知り、己の野望の道具に使おうとして近づいたのだ」

うなずく嵯峨に、道謙が説く。

「今は、徳川の下で天下泰平の世じゃ。この威光に逆ろうたところで、損をするだけ。宮中に入ったとて、今さら華になれるはずもなく、息苦しいばかりとは思わぬか」

「されど、徳川のせいで母上が宮中を追われたのは確かなこと。徳川の血が宮中にあるのが、許せませぬ」

「たわけ、徳川の血は、法皇様によって断ち切られておるわい」

嵯峨は目を見張った。

「まことでございますか」

「うむ。法皇様はな、皇族に根を張ろうとする徳川に抗《あらご》うたのじゃ。徳川家の姫である東福門院とのあいだに生まれた女一宮《おんないちのみや》を、未婚のうちに天皇にした。それが、明正《めいしょう》天皇じゃ」

「存じませんでした」

「嵯峨の地で隠棲しておったのじゃ、知らぬが当然。じゃが、これは覚えておくがよい。法皇様の反撃によって未婚の天皇にされた明正天皇は、古よりの決まりによって結婚を許されず、生涯独り身。女としての幸せを奪われた。これにより、宮中の徳川の血は断たれることとなった。それに対する報復ともいうべきことが、遠く離れた江戸城で起きた。それはな、将軍家光公に嫁いだ信平の姉孝子《たかこ》殿が、春日局《かすがのつぼね》の仕返しともいうべき仕打ちにより大奥から追放され、家光公から遠ざけられたのだ」

嵯峨は、神妙な顔で聞いている。

「よいか、嵯峨殿」

「はい」

「天下人である徳川将軍家と皇族が争えば、世がふたたび戦乱の世となる。そなたが好いておる京が、炎に包まれてもよいのか」

「わたくしの考えが、浅はかでございました。されど……」

「宮中への想いが、断ち切れぬか」

嵯峨は顔を手で覆い、下を向いた。

「あのような堅苦しいところに入っても、もはや、そなたの居場所はない。それよりも、そなたのために命を捨てる覚悟をしている男と共に暮らしたほうが、よほどおもしろい。そうは思わぬか」

言われて、嵯峨は驚いた顔を上げた。

その後ろで、勝幸が背中を丸めて、うな垂れている。

ことを起こそうとした自分に、もはや活路はない。勝幸はそう思っているのだ。家来たちを引き上げさせて独り寺に残ったのも、ここで自ら蟄居し、沙汰を待つ覚悟なのである。

信平は、後悔の涙を流す嵯峨と、慕う女を気遣う勝幸のことを包み隠さず江戸に知らせるべきか、逡巡《しゅんじゅん》の思いで見ていた。

暑い夜のことである。

四

事件の翌日、信平は、所司代の牧野と相談のうえで、報告を記した書状を江戸に送った。

嵯峨と勝幸の処罰が決まったのは、三月《みつき》後のことである。

公儀では、嵯峨に加担した勝幸に切腹を命じ、井村家の御家断絶を唱える声が少なくなかった。そのいっぽうで、後水尾法皇の血を引く嵯峨に関わった井村家に厳しい処罰を科せば、皇族の心証を悪くするという声もあがった。

このことは幕閣で決着がつかず、家綱に決断が求められた。

家綱が悩んだ末にくだしたのは、井村家の存続と引き換えに、十五万石の所領を没収のうえ、五万石への領地替えであった。

藩主勝幸は切腹をまぬがれ、無期限の蟄居が命じられた。

この時、家綱が参考にしたのが信平からの書状であったかどうかは分からぬが、松平伊豆守に、勝幸と嵯峨の両名を領内に預かるよう命じた。

伊豆守はこれを快諾し、川越《かわごえ》城下に邸宅を新築し、引き取ったという。

隠棲した勝幸と嵯峨がその後どうなったかを知る者はいない。

さて、嵯峨の事件を解決した信平であるが、江戸に書状を送り、京入りして初めて、落ち着いた日を迎えていた。

善衛門などは、道謙とすっかり意気投合し、暇さえあれば訪ねている。

五味は、江戸に呼び戻されるのかと思いきや、所司代に根回しをして京にとどまることを許され、組屋敷を断り、信平の屋敷から出仕をはじめていた。

今朝もお初の味噌汁に舌鼓を打ち、

「では、行ってまいります」

信平に言い、意気揚々と出かけて行ったのだが、すぐに戻ってきた。

血相を変えて座敷に飛び込むと、信平に言う。

「江戸から中井殿が来られました。火急の知らせだそうです」

信平が、松姫に何か起きたのかと思い立ち上がると、中井が佐吉に支えられて、座敷に上がってきた。

長旅の埃にまみれ、息も絶え絶えといった具合に、疲れ果てている。

その尋常でない様子に、善衛門が詰め寄る。

「中井殿、いかがされた。何があったのじゃ」

「お、奥方様が」

言うなり、顔をくしゃくしゃにして涙を流すではないか。

信平は、息を呑んだ。

善衛門がさらに詰め寄る。

「落ち着いて話せ。奥方様がどうされたのじゃ」

お初が湯吞みに水を入れてくると、中井は一息に干し、信平の前に突っ伏した。

「奥方様、御懐妊《ごかいにん》でございます！」

一瞬、その場が静まり返った。

善衛門などは、口をあんぐりと開けたまま、声より先に涙を流している。

「信平様、おめでとうございます」

お初が、珍しく満面の笑みを浮かべて言った。

信平は声にならぬ声をあげてうなずき、やおら立ち上がると、背後であがった歓喜の声も耳に入らず、呆然と中庭に出た。

胸の奥から、嬉しさが込み上げてくる。同時に、会いたいという気持ちが湧き、嬉しさに勝った。

「松」

声と共に、頰を伝うものに驚き、信平は空を見上げる。

青く澄んだ空の中で、二匹の赤とんぼがたわむれていた。

本書は『宮中の華 公家武者 松平信平10』(二見時代小説文庫)を大幅に加筆・改題したものです。

|著者|佐々木裕一　1967年広島県生まれ、広島県在住。2010年に時代小説デビュー。「公家武者　信平」シリーズ、「浪人若さま新見左近」シリーズのほか、「若返り同心　如月源十郎」シリーズ、「身代わり若殿」シリーズ、「若旦那隠密」シリーズなど、痛快かつ人情味あふれるエンタテインメント時代小説を次々に発表している時代作家。本作は公家出身の侍・松平信平が主人公の大人気シリーズ、その始まりの物語、第10弾。

宮中《きゅうちゅう》の華《はな》　公家《くげ》武者《むしゃ》信平《のぶひら》ことはじめ(十)

佐《さ》々《さ》木《き》裕一《ゆういち》

講談社文庫

定価はカバーに
表示してあります

2022年8月10日第1刷発行

KODANSHA

発行者――鈴木章一
発行所――株式会社　講談社
東京都文京区音羽2-12-21　〒112-8001
電話　出版　(03) 5395-3510
　　　販売　(03) 5395-5817
　　　業務　(03) 5395-3615

Printed in Japan

デザイン―菊地信義
本文データ制作―講談社デジタル製作
印刷―――株式会社KPSプロダクツ
製本―――株式会社国宝社

ISBN978-4-06-528984-6

講談社文庫刊行の辞

二十一世紀の到来を目睫に望みながら、われわれはいま、人類史上かつて例を見ない巨大な転換期をむかえようとしている。

世界も、日本も、激動の予兆に対する期待とおののきを内に蔵して、未知の時代に歩み入ろうとしている。このときにあたり、創業の人野間清治の「ナショナル・エデュケイター」への志を現代に甦らせようと意図して、われわれはここに古今の文芸作品はいうまでもなく、ひろく人文・社会・自然の諸科学から東西の名著を網羅する、新しい綜合文庫の発刊を決意した。

激動の転換期はまた断絶の時代である。われわれは戦後二十五年間の出版文化のありかたへの深い反省をこめて、この断絶の時代にあえて人間的な持続を求めようとする。いたずらに浮薄な商業主義のあだ花を追い求めることなく、長期にわたって良書に生命をあたえようとつとめるところにしか、今後の出版文化の真の繁栄はあり得ないと信じるからである。

同時にわれわれはこの綜合文庫の刊行を通じて、人文・社会・自然の諸科学が、結局人間の学にほかならないことを立証しようと願っている。かつて知識とは、「汝自身を知る」ことにつきていた。現代社会の瑣末な情報の氾濫のなかから、力強い知識の源泉を掘り起し、技術文明のただなかに、生きた人間の姿を復活させること。それこそわれわれの切なる希求である。

われわれは権威に盲従せず、俗流に媚びることなく、渾然一体となって日本の「草の根」をかたちづくる若く新しい世代の人々に、心をこめてこの新しい綜合文庫をおくり届けたい。それは知識の泉であるとともに感受性のふるさとであり、もっとも有機的に組織され、社会に開かれた万人のための大学をめざしている。大方の支援と協力を衷心より切望してやまない。

一九七一年七月

野間省一

大澤真幸

〈世界史〉の哲学 1 古代篇

解説=山本貴光

資本主義の根源を問う著者の破天荒な試みがついに文庫化開始！ 本巻では〈世界史〉におけるミステリー中のミステリー=キリストの殺害が中心的な主題となる。

978-4-06-527683-9
おZ2

大澤真幸

〈世界史〉の哲学 2 中世篇

解説=熊野純彦

「中世」とは、キリストの「死なない死体」にとり憑かれた時代であった！ 誰も明確には答えられない謎に挑んで見えてきた真実が資本主義の本質を照らし出す。

978-4-06-528858-0
おZ3

田中芳樹　創竜伝12〈竜王風雲録〉
田中芳樹　創竜伝13〈噴火列島〉
田中芳樹　魔天楼〈薬師寺涼子の怪奇事件簿〉
田中芳樹　東京ナイトメア〈薬師寺涼子の怪奇事件簿〉
田中芳樹　巴里《パリ》・妖都変〈薬師寺涼子の怪奇事件簿〉
田中芳樹　クレオパトラの葬送〈薬師寺涼子の怪奇事件簿〉
田中芳樹　黒蜘蛛島《ブラックスパイダー・アイランド》〈薬師寺涼子の怪奇事件簿〉
田中芳樹　夜光曲〈薬師寺涼子の怪奇事件簿〉
田中芳樹　魔境の女王陛下〈薬師寺涼子の怪奇事件簿〉
田中芳樹　海から何かがやってくる〈薬師寺涼子の怪奇事件簿〉
田中芳樹　白魔《びゃくま》のクリスマス〈薬師寺涼子の怪奇事件簿〉
田中芳樹　タイタニア1〈疾風篇〉
田中芳樹　タイタニア2〈暴風篇〉
田中芳樹　タイタニア3〈旋風篇〉
田中芳樹　タイタニア4〈烈風篇〉
田中芳樹　タイタニア5〈凄風篇〉
田中芳樹　ラインの虜囚
田中芳樹　新・水滸後伝(上)(下)
田中芳樹　幸田露伴 原作　運命〈二人の皇帝〉
田中芳樹　土屋守　「イギリス病」のすすめ
田中芳樹ほか 文　皇名月 画・文　中国帝王図
田中芳樹　赤城毅　中欧怪奇紀行
田中芳樹編訳　岳飛伝(一)〈青雲篇〉
田中芳樹編訳　岳飛伝(二)〈烽火篇〉
田中芳樹編訳　岳飛伝(三)〈風塵篇〉
田中芳樹編訳　岳飛伝(四)〈悲曲篇〉
田中芳樹編訳　岳飛伝(五)〈凱歌篇〉
高田文夫　TOKYO芸能帖〈1981年のビートたけし〉
高村薫　李歐《りおう》
高村薫　マークスの山(上)(下)
高村薫　照柿(上)(下)
多和田葉子　犬婿入り
多和田葉子　尼僧とキューピッドの弓
多和田葉子　献灯使
多和田葉子　地球にちりばめられて
高田崇史　QED〈百人一首の呪〉
高田崇史　QED〈六歌仙の暗号〉
高田崇史　QED〈ベイカー街の問題〉
高田崇史　QED〈東照宮の怨〉
高田崇史　QED〈式の密室〉
高田崇史　QED〈竹取伝説〉
高田崇史　QED〈龍馬暗殺〉
高田崇史　QED ～ventus～〈鎌倉の闇〉
高田崇史　QED〈鬼の城伝説〉
高田崇史　QED ～ventus～〈熊野の残照〉
高田崇史　QED〈神器封殺〉
高田崇史　QED ～ventus～〈御霊将門〉
高田崇史　QED ～flumen～〈九段坂の春〉
高田崇史　QED〈諏訪の神霊〉
高田崇史　QED〈出雲神伝説〉
高田崇史　QED〈伊勢の曙光《あけぼの》〉
高田崇史　QED ～flumen～〈ホームズの真実〉
高田崇史　毒草師〈QED Another Story〉
高田崇史　QED〈～flumen～月夜見〉
高田崇史　QED〈～ortus～白山の頻闇〉
高田崇史　試験に出るパズル〈千葉千波の事件日記〉
高田崇史　試験に敗けない密室〈千葉千波の事件日記〉

高田崇史 試験に出ないパズル〈千葉千波の事件日記〉
高田崇史 パズル自由自在〈千葉千波の事件日記〉
高田崇史 麿の酩酊事件簿〈花に舞〉
高田崇史 麿の酩酊事件簿〈月に酔〉
高田崇史 クリスマス緊急指令〈～きよしこの夜、事件は起こる！～〉
高田崇史 カンナ 飛鳥の光臨
高田崇史 カンナ 天草の神兵
高田崇史 カンナ 吉野の暗闘
高田崇史 カンナ 奥州の覇者
高田崇史 カンナ 戸隠の殺皆
高田崇史 カンナ 鎌倉の血陣
高田崇史 カンナ 天満の葬列
高田崇史 カンナ 出雲の顕在
高田崇史 カンナ 京都の霊前
高田崇史 軍神の血脈〈楠木正成秘伝〉
高田崇史 神の時空《とき》 鎌倉の地龍
高田崇史 神の時空 倭《やまと》の水霊
高田崇史 神の時空 貴船の沢鬼
高田崇史 神の時空 三輪《みわ》の山祇《やまつみ》

高田崇史 神の時空 嚴島《いつくしま》の烈風
高田崇史 神の時空 伏見稲荷の轟雷
高田崇史 神の時空 五色不動の猛火
高田崇史 神の時空 京の天命
高田崇史 神の時空 前紀〈女神の功罪〉
高田崇史 鬼棲む国、出雲〈古事記異聞〉
高田崇史 オロチの郷、奥出雲〈古事記異聞〉
高田崇史 京の怨霊、元出雲〈古事記異聞〉
高田崇史 鬼統べる国、大和出雲〈古事記異聞〉
高田崇史 源平の怨霊〈小余綾《こゆるぎ》俊輔の最終講義〉
高田崇史ほか 読んで旅する鎌倉時代
団 鬼六 悦楽王〈鬼プロ繁盛記〉
高野和明 13階段
高野和明 グレイヴディッガー
高野和明 6時間後に君は死ぬ
大道珠貴 ショッキングピンク
高木 徹 ドキュメント 戦争広告代理店〈情報操作とボスニア紛争〉
田中啓文 件《くだん》〈もの言う牛〉
高嶋哲夫 メルトダウン

高嶋哲夫 命の遺伝子
高嶋哲夫 首都感染
高野秀行 西南シルクロードは密林に消える
高野秀行 ベトナム・奄美・アフガニスタン アジア未知動物紀行
高野秀行 イスラム飲酒紀行
高野秀行 移民の宴〈日本に移り住んだ外国人の不思議な食生活〉
高野秀行 角幡唯介 地図のない場所で眠りたい
田牧大和 花合せ〈濱次お役者双六〉
田牧大和 質草破り〈濱次お役者双六 二ます目〉
田牧大和 翔ぶ梅〈濱次お役者双六 三ます目〉
田牧大和 半可心中〈濱次お役者双六〉
田牧大和 長屋狂言〈濱次お役者双六〉
田牧大和 錠前破り、銀太
田牧大和 錠前破り、銀太 紅蜆《べにしじみ》
田牧大和 錠前破り、銀太 首魁《しゅかい》
田牧大和 大福三つ巴〈宝来堂うまいもん番付〉
高野史緒 カラマーゾフの妹
高野史緒 翼竜館の宝石商人
高野史緒 大天使はミモザの香り

講談社文庫　目録

2022年6月15日現在